**이미
애쓰고 있는데
힘내라니요?**

- 단지 글을 쓰는 사람의 삶 근처에 잠시 머물렀다는 이유만으로 '글감'이 되는 것에 난색을 표할 분들도 계시리라 생각되어, 주변 인물들의 신상정보와 관련된 부분은 그 풍경의 의미를 훼손하지 않는 선에서 일부 각색하였습니다. 양해 부탁드립니다.

—— 이미 —— 애쓰고 있는데 힘내라니요?

이소연 지음

위즈덤하우스

파이팅 넘치는 세상에서
내 방식대로 살아가기

〈힘내! 오늘도 파이팅!! ^^〉

띠링. 문자 대화의 끝에 어김없이 바로 그(!) 메시지가 도착했다.

"아니, 또야?"

내가 기운 빠져하자 앞에 있던 선배가 놀라서 물었다.

"왜? 무슨 일이야?"

"아니, 또 힘내래잖아. 무슨 파이팅을 맨날 해. 안 그래도 이미 애쓰고 있는데……."

나를 빤히 보던 선배가 이윽고 깔깔 웃기 시작했다.

"너도 자주 그러잖아!"

"네?…… 제, 제가요?"

(부정하고 싶지만) 선배의 지적이 맞는 것 같다.

왜냐면 나는 정말로 '열정'과 '도전'의 가치를 추앙하는 사람이기 때문이다. 그러니 내 파이팅의 정신 또한 어디 내놓아도 꿀리지 않는……(그만하자).

아무튼 분명한 사실은 나 역시 수도 없이 많은 힘내와 파이팅을 입력하고 전송했다는 것이다. 대부분의 우리가 그러하듯, 웃는 얼굴과 (아마도 두 개 이상의) 느낌표를 더해서. 고백하자면 굳건해 보이는 팔뚝 이모티콘도 꽤 많이 첨부했었다.

그런 주제에, 왜 나는 누군가가 보내온 아침의 파이팅에 울컥하는가.

"아니, 애쓰고 있는데 자꾸 힘내라고 하니까 오히려 기운 빠지잖아. 나만 이래? 그런 거야?"

왠지 찔려서 투덜투덜해버렸고, 다 안다는 듯 선배가 비죽 웃는 모습에 '어, 이건 아닌데' 하고 뜨끔했다. 솔직히 나는 그때 힘들어 죽을 지경이었기 때문이다. 어떤 힘내도, 어떤 파이팅도 나를 구원하지 못했을 뿐 아니라 오히려 당시 내가 겪고 있던 힘듦을 더 강화하고 각인시키는 것 같았다.

그래서였을까? 배우 하정우가 "한국인의 버릇 중의 하나가 자꾸 '파이팅'을 한다는 거예요. 우리는 이제 이것을 그만해도 된다고 생각해요"라고 말했다는 기사를 보고 엄청나게 반가웠다.

'아아, 나만 이렇게 느끼는 게 아니었어!'

예능 프로그램에서 가수 보아가 듣고 싶지 않은 말로 '힘내'를 꼽았을 때 단숨에 공감해버린 것도 그래서였다. (보아는 정말 힘든 사람에게 하는 힘내라는 말은 때로 형식적인 위로처럼 들린다고 했다.)

어쩌면 우리 모두는 너무 과하게 힘을 내고 있는 게 아닐까? 이미 충분히 애쓰고 있는데 말이다. 힘을 좀 빼고 더 쉬고 놀고, 감당할 수 있을 정도로만 적당히 애써도 되지 않을까? 더 세게, 더 힘차게, 파이팅의 끝(이 있다면)을 향해 달리면서 우리는 삶에서 정말 소중한 것들을 놓치는 건 아닐까?

아니, 그보다도 우리를 끊임없이 불안하게 만들며 몰아붙이는 사람들(그러니까 오지라퍼들)의 정체는 무엇일까?

그러고 나서 생각해보니 힘내라는 말이 왜 그렇게 싫고 거북했는지 조금은 알 것 같았다.

그러니까 결국 나는 이렇게 대답하고 싶었던 거였다.

"힘을 낼지 말지는 내가 결정해!"

(그러니까 밀어붙이지 마. 내가 알아서 할 테니.)

내게 남은 힘이 얼마인지, 내 힘을 어떻게 잘 쓸 수 있는지, 내가 언제쯤 일어나서 어디까지 갈 수 있을지 가장 잘 알고 있는 사람은 나다. 그리고 자주 잊곤 하지만, 내 인생의 유일하고 확고한 운전자는 바로 나 자신이다. 삶을 어떻게 살아갈지는 오직 나에게 달려 있다.

힘들다면 잠시 쉬어갈 수도 있고, 문제에 대한 적극적인 해결을 추구할 수도 있고, 목표를 향해 전력 질주할 수도 있고, 다친 감정에 대해 위로를 구할 수도 있고, 위험을 감수하고 불안과 두려움의 한가운데로 뛰어들 수도 있다.

나는 이 모든 선택을 스스로 기꺼이 할 수 있다.

내 삶에 끼어들어 이러쿵저러쿵 나를 흔들려고 하는 사

람들에게 정색하고 "힘 안 내면 어떻게 되는데요?" 할지, 크게 웃고 넘어갈지, 정중하게 "제가 알아서 하겠습니다" 할지, 그것 또한 내 방식대로, 내가 알아서 결정할 일인 것이다. 우리에겐 '어쩌라고'의 정신이 (생각보다 많이) 필요하다.

언제라도 나는 내가 내킬 때 힘낼 수 있고, 꼭 지금 파이팅할 필요는 없으며, 내 인생의 주도권은 내가 가지고 있다는 점만 기억하고 있으면 된다.

가끔 뭔가 좀 부족하다 싶으면 이렇게 덧붙여보자.

그러니까 뭐, 어쩌라고!

인생의 오지라퍼들에게 휘둘리지 않고 내 방식대로 살아가기란 쉬운 일이 아니다. 그래도 내 식대로 (가능하면 재미있게) 잘 살아가야 한다. 나는 나일 수밖에 없으니까. 나는 결국 내가 될 수 있을 뿐이므로.

힘을 낼지 말지를 내가 결정한다는 건 (의외로) 정말 멋진 사실이다.

나는 언제나 가장 나다운 방식으로 살고 싶었고, 그런 소망을 담아 이 책을 썼다. 무례한 참견쟁이들로부터 벗어나 자신만의 걸음걸이를 찾아 걷고자 하는 분들에게 작은 도움이라도 될 수 있다면 무척 기쁘겠다. 책의 전반부는 일상에서의 일들을, 후반부는 일상을 벗어난 여행지에서의 일들을 바탕으로 썼다.

자, 그럼……
우리 모두 조금씩만 더 제멋대로 살 수 있기를!

또다시 찾아온 여름에,
이소연

PART 1

도대체 나한테 왜 그래요?

"힘내? 무슨 힘을 더 내?"

PART 2

언제나 막다른 곳에서 길은 다시

"떠나기만 하면 알게 될 거야"

PART 1

도대체 나한테 왜 그래요?

"힘내? 무슨 힘을 더 내?"

。

그건
내 방식이 아니야

x

입 밖에 내어놓고 나니
생각이 선명해지기 시작했다.
나는 내려놓지 않아.
나는 포기하지 않아.

내 마음대로 되는 세상사가 어디 있겠는가 싶긴 하지만, '드라마'는 특히 그러하다. 절대 혼자 해낼 수 없는 일, 수많은 사람들의 재능과 운이 모여 복잡다단한 맥락 위에서 만들어지는 것이 드라마다. 그중 어느 한 요소라도 삐끗하면 제작에 들어가지도 못하고 기획 단계에서 엎어지는 일이 허다하다. 그럴 때마다 심장이 조여오는 것처럼 고통스럽다. 세상 빛을 보지도 못하고 사라져간 작품들 모두 '내 새끼'이고, '아픈 손가락'이니까.

그 과정이 (또) 되풀이되고 있었다. 기획 중이던 드라마에 누군가가 세게 헛발질을 했고, 그 탓에 태어나지도 못한 드라마가 (또!) 크게 휘청거렸다. 엎어지느냐 마느냐, 아무리 겪어도 익숙해지지 않는 그 기로 앞에 (또!!) 섰다.

'이게 벌써 몇 번째야. 왜 내가 걷는 길엔 이렇게 돌부리가 많은 거야. 내가 뭘 잘못했다고 다들 이렇게 못살게 구는 거지!'

〈잠깐 티타임 가능?〉

친애하는 동료에게 SOS를 쳤다. 하소연이라도 하지 않으면 죽을 것 같았다.

쌍화차를 홀짝거리며 그가 무심히 말했다.

"마음을 비워."

혹- 명치를 세게 얻어맞는 것 같았다.

내내 얹혀 있던 고민거리를 한참 털어놓은 다음이었다. 그는 언제나처럼 별다른 코멘트 없이 내 이야기를 들어주었다. 섣부른 충고나 뻔한 조언을 하지 않는다는 것이 그의 장점이었고, 남들에게 잘 하지 않는 상의를 나누는 대상으로 그가 선택된 이유였다. 그런데.

마음을 비워?

……… 왜?

곧이어 두 번째 펀치가 날아왔다.

"욕망을 좀 내려놔. 편하게 살려면."

그는 다시 쌍화차를 한 모금 마시고, 고명으로 띄워져 있던 잣과 말린 대추를 씹었다. 그 모습이 득도한 수도승마냥 유유자적 평화로웠다.

반면 내 안에서는 태풍이 불어닥치고 있었다. 내 앞의 모과차는 처음 놓였던 그대로 찰랑찰랑 가득했는데, 나는 '어, 그래, 그렇겠지, 사는 거 뭐 별거 있나' 하면서 그처럼 여유롭게 찻잔을 들어 마실 수 없었다. 왜 이토록 마음에 거센 풍랑이 이는지 알 수 없었다.

…… 아주 거칠고 강렬한 거부감을 닮은 감정.

"포기하라고?"

그 감정의 정체를 미처 파악하지 못한 채 간신히 되물었다.

"응. 내려놓으면 편하잖아."

그는 평온하게 말을 이었다.

"네가 힘들다니까, 뭐."

다시 한 모금. 그리고 잣과 말린 대추를 우물우물.

"여기 쌍화차 맛있네."

내 속에서 이는 맹렬한 감정은 말이 되어 나오지 못했다. 나를 이토록 거북하게 하는 이 마음의 정체가 잘 파악되지 않았다.

그래서 한참 동안 입을 닫고 있었다.

침묵이 길어지자 그가 고개를 들어 나를 보았다.

그 시선을 마주하자마자 내 입에서 튀어나온 말은 그에게나 나에게나 예상할 수 없던 것이었다.

"그건…… 내 방식이 아니야."

놀란 듯 그의 미간이 움찔했다.

그건 내 방식이 아니야.

입 밖에 내어놓고 나니 생각이 선명해지기 시작했다.

나는 내려놓지 않아.

나는 포기하지 않아.

나는 이루고 살 거야.

원하는 것을 가지면서 살 거야.

그 과정이 조금 불편해도 가야 하는 길이라면 기꺼이 갈 거야.

욕망은 힘이야. 나는 실패하더라도 부단히 욕망하면서 내 방식대로 나아갈 거야.

가만히 듣고 있던 그가 소리 내어 웃기 시작했다.

"그러네. 이런 게 네 방식이네."

그런가. 이런 게 내 방식인가.

"맞아맞아, 그게 너지. 좋아좋아."

자주 하던 버릇대로 표현을 두 번씩 반복하는 그의 말과 웃음이 시원스레 섞였다.

피식, 나도 같이 웃음이 터졌다.

고마웠다. 그 덕분에 나 자신에 대한 중요한 사실을 깨달을 수 있었다.

나는 산기슭에서 여유롭게 풍경을 감상하는 것보다 숨이 턱까지 차오르더라도 정상에 올라가고 싶은 사람. 다 오른 뒤에 원했던 곳이 여기가 아닌 줄을 알게 되더라도, 일단은 오르고 싶은 사람. 채울 무언가가 없는 중에는 마음을 비울 수가 없는 사람. 그런 사람이었다. 그게 진짜 나였다.

숱하게 마주치는 좌절의 순간에도 불구하고 여전히 이곳에서 이렇게 살아가는 이유는, 장애물 경주를 하듯

허들을 하나하나 넘어가서 마침내 드라마가 방송을 타는 그때를 위해서다. 그 순간의 짜릿함이, 그 모든 괴로움을 상쇄하고도 남을 정도로 크기 때문이다.

그러니 나는 포기하지 않을 것이다.

그저 버티면서, 고비를 넘을 때마다 숨 돌려 가면서, 최선을 다하고 최고를 기대하면서, 내 방식대로.

그러면 언젠가는.

내 방식대로 언젠가는.

원하던 그 순간이 올지도 모르니까.

o

사내 정치
좀 못해도 될걸?

x

"사내 정치 그런 거
좀 못해도 될걸?
그거 잘한다고
출세하는 거 아닐걸?"

"넌 처세를 좀 배워야 돼."

상상도 못했다. 이런 생뚱맞은 화살이 나에게 날아올 줄은.

회사 내 대학 동문들이 모인 화기애애한 친목 도모용 술자리였는데, 나는 구석에 조용히 앉아 술만 홀짝이고 있었다. 원래 시끌벅적한 자리를 즐기는 편도 아니었거니와 그즈음 나는 일이 마음대로 풀리지 않아 주눅이 들어 있던 참이었다. 얼굴도장 찍고 분위기 적당히 맞추다가 상황 봐서 일어나야지 하던 차였는데, 갑자기 그 말이 귀에 꽂혀 들어왔다.

처음에는 그 말이 나를 향한 것인 줄도 몰랐다. 순간, 침묵과 동시에 모두의 시선이 나에게 쏠렸고 그제야 '이게 무슨 상황이지?' 그랬다.

"저, 저요?"

선배의 타깃은 나였다. 왜 내가 그의 과녁이 되었는지는 지금도 모른다. 그동안 선배가 나를, 아니 나의 어떤 면을 못마땅하게 여겨왔다는 사실조차도 전혀 눈치채지 못하고 있었다.

"무슨…… 처세요?"

그 선배와는 같이 일한 적이 없었다. 회사에서 둘이 따로 말을 섞어본 기억도 없으니 친한 사이는 더더욱 아니었다. 그런데 난데없이 처세라니, 내게 처세를 배우라니, 이게 무슨 뚱딴지같은 소리인가.

술이 오른 선배의 얼굴이 붉었다. 평소보다 조금 어눌해진 발음으로 선배는 일장 연설을 시작했다.

"사회생활을 하려면 너처럼 네 주장을 너무 드러내면 안 돼. 너는 표정에 모든 감정이 다 드러나는 게 문제야. 너 좋은 것만 하려면 사회생활을 어떻게 하냐! 누군들 성격 없냐? 열 안 받겠어? 다들 자기 성질 누르고 남 비위 맞추면서 사는 거야……."

무례하기도 했지만, 그래서 뭐 어쩌라는 건가 싶었다. 뭘 잘못했는지도 모르겠고, 뭘 고치고 뭘 배우라는 건지는 더더욱 알 수 없었다. 묵묵히 그 장광설을 들었다. 대꾸할 말을 찾기에 앞서 대꾸할 가치도 없어 보였기 때문이다. 내 얼굴이 분노와 경멸감으로 굳어가는 것을 느낄 수 있었다. 그의 지적대로 나는 모든 감정이 얼굴에 그대로 드러나는 인간이었으니까. 술자리는 얼어붙었다.

안 되겠다 싶었는지 누군가 분위기를 수습하러 나섰다.

"에이, 형, 얘가 애도 아니고 알아서 잘하겠지."

나는 가방을 챙겨 일어나 그 자리를 떴다. 화도 났지만, 그 자리에서 내가 무슨 말과 행동을 해야 할지 알 수 없었다. 다만 집으로 돌아오는 길에 생각했다. 내 생각과 감정을 감추고, 아닌 것들 앞에서 비굴한 미소를 짓는 일이 처세라면, 나는 영원히 출세하긴 글렀구나, 하고.

솔직히 정말 화가 나는 지점은, 내 마음속 깊은 곳에서 '어쩌면 그의 말이 맞는 걸까?' 하는 두려움이 피어올랐다는 사실이다.

'출세하려면 나는 내가 아니어야 할까, 최대한 나를 드러내지 않는 것이 사회생활을 잘하는 방식일까. (이유는 모르겠지만) 나는 튀는 존재인가, (설령 그렇다 해도) 튄다

는 게 그토록 잘못일까.'

그 뒤로 간간이 그 선배와 마주쳤지만, 우리 둘 다 '그 일'이 없었던 것처럼 굴었다. 그래서 아직도, 내가 왜 그 날 그의 총구가 향하는 과녁이 됐는지 모른다. 내 어떤 점이 그를 불쾌하게 했던 걸까.

그날의 기억은 트라우마로 남았다.

'나는 처세를 못해. 나는 사회생활에 적합하지 않아. 그것이 나의 출세(랄까)에 큰 장애가 될지도 모르겠어.'

그 트라우마는 여러 번 나를 주저앉혔고, '좀 더 용기를 냈으면 좋았을걸' 하고 후회되는 순간을 만들었다.

그로부터 많은 시간이 흘렀다. 표정을 못 숨기는 건 여전하지만, 그래도 예전보다는 감정을 세련되게 표현할 줄 알게 되었다. 잘난척하거나 남을 무시하는 건 나쁘지만, 자기만의 생각을 갖는 건 중요하다고 믿는다. 처세라는 게 있다면, 그보다는 '나로서 잘 살아가는 방식'을 찾고 쌓아가려 하는 중이다.

사회생활에 교과목처럼 점수를 매길 수는 없으며, 처

세의 달인 같은 건 애초에 존재하지 않는다. 내게 처세를 더 배워야 한다고 큰소리쳤던 선배 또한 여러 번 '물을 먹었다.' 그 후 그와 몇 번 마주쳤을 때 그가 유독 민망해하는 것처럼 보였던 건 나만의 착각이었을지도 모른다. 하지만, 아무튼 자기를 보고 배우라며 자신만만했던 그에게도 사회생활은 녹록지 않은 과업이었던 것이다.

내성적인 성격 때문에 조직과 잘 안 맞는 것 같아 괴롭다는 후배에게 자신 있게 말해주었다.

"사내 정치 그런 거 좀 못해도 될걸? 그거 잘한다고 출세하는 거 아닐걸?"

'아무리 노력해도,
내가, 내가 아닐 수는 없는 노릇이잖아.
나는 결국 나로서 살아갈 수밖에 없는 거잖아.'

살다 보면 잘나갈 때도 있고 못 나갈 때도 있다. 좋은 일 같았지만 나중에 보니 화가 되는 일도 있고, 지나고

나니 끔찍한 경험이 성장을 위한 '신의 한 수'가 되기도
했다.

　소위 '처세술'이라 불리는 사회생활의 기술은 사실 회
사라는 정글을 헤쳐나가는 데 크게 결정적인 것이 아닐
지도 모른다. 눈앞의 손익, 당장의 유불리보다 나만의 스
타일을 찾아가는 데 더 집중해야 할 이유다.

ㅇ

힘내라는 말 따윈
넣어둬

X

힘내지 않아도 괜찮다.

상처받아도 괜찮다.

상처는 반드시 아무니까.

숨 쉬는 법만 잊지 않는다면.

"힘내." "파이팅."

참 많이 들었던 말. 대개 다수의 느낌표와 억지웃음을 동반했다. 이런 식이었다.

"힘내!! ^^"
"파이팅!!! ^^^^"

'힘내'와 '파이팅'은 하나의 단어인 양 붙어 있었고 사람들은 그 다섯 글자를, 많은 느낌표와 미소를 붙일수록 더 영험한 파워가 생기는 절대 반지처럼 여기는 것 같았다.

땅만 바라보고 걷는 내게 지인들은 앞다퉈 얼굴을 들이밀며, 그 말들을 던져댔다. 당시 내가 겪던 끔찍한 무력감에 특효약이라도 선사하려는 듯이. 얼굴을 직접 보지 못하는 지인들은 스마트폰이라는 현대의 이기를 이용했다. 삑-삑-삐익- 울려대는 메시지마다 정해진 서식처럼 '힘-내-파-이-팅 ^^'을 달고 왔다.

사람 생각은 어쩜 이리 다 똑같은 것인가. 어찌 보면

신묘한 일이었다. 그 다섯 글자가 도착할 때마다 내 안에서 맹렬한 분노가 불길처럼 솟구쳤다는 사실만 빼면. 힘이 나기는커녕, 파이팅의 의욕이 샘솟기는커녕, 그 말이 닿을 때마다 나는 고통스러웠다.

왜냐하면, 가장 힘을 내고 싶은 사람은 나였기 때문이다. 진실로 '힘-내-파-이-팅'이 필요했기 때문이다. 내 얼굴 앞에 대고 스스로 주먹을 불끈 쥐며 호랑이 기운이라도 끌어내고 싶을 만큼.

파이팅의 기운을 끌어당길 수만 있다면 악마에게 영혼이라도 팔고 싶었다(신이시여, 이 가여운 중생을 구원하소서).

그러나 힘은 나지 않았다. 그때 나는 이미 죽을힘을 다한 뒤였기 때문이다. 마른행주 쥐어짜듯이, 비틀고 또 비틀어서 쓸 수 있는 모든 힘을, 마지막 한 톨까지 탈탈 털어 쓴 다음이었다.

어떤 일의 결과는 수많은 우연과 필연이 얽히고설켜서, 수많은 이들의 행운과 불운이 엉키고 겹치고 섞여들

면서 정해진다. 억울해도 할 수 없다. 본디 삶이 그러한
것을.

억울하게도, 또는 당연하게도, 그때 나는 '열심히 했지
만 결과는 좋지 않은' 상황의 끝에 서 있었다. 그럴 수도
있지, 라고 자신을 다독였다. 과정이 좋았으니 됐어, 많
이 배웠으니 괜찮아, 좋은 사람들을 많이 만났으니 그걸
로 충분해…… 이 난국에서도 스스로 긍정적인 이유를
열심히 찾으며 어떻게든 납득해보고자 했다. 빅터 프랭
클도 『죽음의 수용소에서』에서 이렇게 썼지 않은가. 현
실에서 벌어지는 일을 통제할 수는 없지만 그것에 대한
자신의 '반응'은 통제할 수 있다고.

나는 나의 반응을 통제하려 애썼다. 노력이면 안 될 게
없으니까! 그 노력 덕분에, 주위로부터 '멘탈 갑(甲)'이
라는 찬사(?)도 듣고, 그럭저럭 멀쩡하게 보이는 데 성공
했다.

"어떠냐고? 나(톤이 올라간다)?"

"나아아? 괜찮지. 좋아. 많이 배웠어. 보람 있었어. 나

좀 멋지지(크게 웃는다)?"

 내 노력에 화답하듯 지인들의 힘-내-파-이-팅의 활기도 드높아져 갔다. 더불어 내 안의 분노의 불길도 더욱 뜨겁게 활활 타올랐다.

 '힘내? 무슨 힘을 더 내? 나는 할 만큼 했어. 그게 내 최선이었어! 죽을 만큼 힘을 낸 거란 말이야!'

 분노를 쿨한 미소로 바꿀 때마다 이를 악물었고, 마침내 잇몸이 주저앉았다. 치과에 갔더니 '스트레스를 피하라'는 무심하고 불가능한 처방이 돌아왔다. 나는 처참한 잔해만 남은 전쟁터에 피투성이로 쓰러져 있는 패잔병이었다. 나에게는 쥐어짤 힘조차 남아 있지 않았다. 파이팅을 위해 손을 들어올릴 힘조차도 부족했다.

 휴가를 냈다. 이 파이팅 넘치는 위로의 지옥을 떠나기 위해서라면 어디에든 가야 했다. 비행기에 올랐다. 주저앉은 잇몸도 함께였다.

 그렇게 도착한 곳은 런던이었다. 흐리고 비가 왔다. 우산을 써도 소용이 없는, 안개처럼 묻는 비였다.

비를 피하려고 근처 매장에 들어갔다. 잠시 구경을 하다가 주머니에 묵직하게 찬 동전을 소진할 요량으로 세안제 하나를 집어들고 계산대로 갔다. 계산을 하려고 주머니에 있던 동전을 한 움큼 꺼냈다.

영국의 동전은 구분이 잘 안 됐다. 1펜스, 2펜스, 5펜스, 10펜스, 20펜스, 50펜스, 1파운드, 2파운드……. 동전을 맞춰보려는데 내 뒤로 사람들이 줄을 서기 시작했다. 줄이 순식간에 길어지자 마음이 다급해졌고, 손바닥 위의 동전들은 어떻게 조합해야 얼마가 되는지 더욱 감이 잡히지 않았다. 미로처럼 어려운 외국의 화폐였다.

마침내 동전 계산을 포기하고 지폐를 꺼내려는 찰나, 계산대에서 내가 하는 양을 지켜보던 점원이 말했다.

"잠깐만요."

그는 내 손 위의 동전들을 살피고 골라 필요한 금액을 맞춰주었다. 나는 아이처럼 가만히 있었다. 고맙다고 말한 것이 내가 한 전부였다. 나는 그곳에서 약자였다. 동전도 셀 줄 모르는 사람이었다. 무능하고, 무력했다.

그런데, 나쁘지가 않았다. 가벼워진 기분이었다.

내게 필요했던 위로란 이런 것이었을까. 그놈의 힘-내-파-이-팅이 아니라, 그저 손 위의 동전을 세어주는 작은 친절 같은 것.

약함을 드러내고 도움을 받으니, 수치심이 아니라 안도감이 찾아왔다. 동전 따위 재빨리 세지 못해도, 당황해서 어리바리해져도 물건을 살 수 있다. 숨 쉬는 법만 잊지 않는다면, 어쨌든 괜찮을 것이다.

…… 뭔가 알 것 같은 기분이 들었다.

힘내지 않아도 괜찮다.

적어도 지금은 아니다. 나는 강하지 않다. 언젠가 더 강한 사람이 될 수는 있겠지만, 어쨌든 지금은 아니다.

상처받아도 괜찮다. 상처는 아문다. 비록 시간이 예상보다 많이 걸릴지 모르겠지만, 그래도 반드시 상처는 아물 것이다. 숨 쉬는 법만 잊지 않는다면.

매장을 나오니 비가 그친 하늘이 거짓말처럼 파랬다.

크게 공기를 들이켜고 내뱉었다. 씩씩한 내 숨소리가 들렸다. 시간이 걸리겠지만 언젠가는 힘이 나겠지. 정말로 호랑이 힘을 내서 파이팅할 수 있겠지.

그때까지는 힘내라는 말 따위 넣어두고 숨만 쉬어도 잘했다고 나 자신을 막 칭찬하면서 살 것이다. 때로는 친절한 누군가에게 동전을 세어달라고 부탁하면서 지내볼 것이다. 그렇게 나 자신에게 가장 진심 어린 위로를 보내면서, 이 파이팅의 왕국에서 나를 지켜내면서.

○

나의 첫,
너의 마녀

X

가끔 그녀의 목소리가
들려오는 것 같다.
나를 드러내는 일에는
용기가 필요하다고.

첫 촬영은 여름이었다. 여느 여름과 달랐다. 이제 (조
연출의 '조'자를 뗀!) 어엿한 연출이었다. 드디어 (조감독의
'조'자를 뗀!) 드라마 감독이었다. 쿵쾅쿵쾅, 심장이 세차
게 뛰었다. 얼마나 설레었는지 자꾸 비실비실 웃음이 새
어나오는 걸 꾹꾹 눌러 참아야 했다. 흥분으로 밤을 꼬박
새워도 졸리지 않았다. 이른 아침, 선글라스를 챙겨 촬영
장으로 향했다. 멋있어 보이고 싶었다. 천재적인 연출력
으로 세상을 깜짝 놀라게 하고 싶었다. 민망한 고백이지
만, 그 시절 나는 그 정도의 패기는 갖고 있었다. 오만함
은 시작하는 자의 특권이니까.

바야흐로 나의 첫 이야기가 시작되고 있었다.

제목은 〈너의 마녀〉, 주인공은 두 남자 사이에서 마음
을 헷갈려 하는 여자였다. 유능하고 이성적이지만 차가
운 남자 A와 어리고 편안하지만 비현실적인 남자 B.

뻔한 구도, 흔한 삼각관계였지만 나는 진지하게 이야
기에 몰입했다. 친한 작가언니가 대본을 썼는데, 우리는
여자의 선택, 그러니까 그녀가 A에게 돌아가야 하느냐,

B와 시작해야 하느냐, 둘 다 관둬야 하느냐를 두고 열띤 논쟁을 벌이곤 했다. 그러는 가운데 배가 고파오면 양념 치킨을 시켰다. 치킨을 뜯으면서도 토론은 이어졌다. 나는 그녀가 B와 연애해야 한다고 주장했다. 어쨌든 사랑이 이루어졌으면 했다. 드라마 속에서라도, 드라마니까. 드라마니까 좀 행복하면 어때. 그런데.

막상 촬영현장에 서자 나는 머뭇거렸다. 마음을 밀어붙이는 일은 생각보다 힘들었다. 조명기가 켜지고 카메라가 돌기 직전, 그녀 역을 맡은 배우가 조심스럽게 물어왔다.

"여기에서 제가 좀 더 확실하게 화를 내야 하지 않을까요?"

판단이 서지 않았다. 머릿속이 아득해졌다.

'정신 차려, 초짜의 미숙함을 들켜선 안 돼.'

나는 감독답게 근엄해 보이려 애썼다. 그 바람에 부자연스럽게 단호한 대답이 튀어나왔다.

"그러면 주인공이 미워 보일 것 같은데요. 너무 세지

않게, 적당한 선에서!"

촬영은 여름에 끝났다. 편집 등 후반 작업이 이어진
뒤, 방송이 된 시점은 가을이었다. 경건하게 홀로 TV 앞
에 앉아 나의 첫 드라마를 감상했다. 수십 번도 더 본 이
야기가 흘러가는데, 부족한 것만 자꾸 눈에 들어와서 아
쉬웠다. 그리고 마침내 그 장면.

그녀가 옳았다. 그녀는 그 장면에서 좀 더 확실하게 화
를 냈어야 했다. 그래서 더 확실하게 미워 보였어야 했
다. 왜냐하면…… 그런 게 사람이니까. 그게 진실이니까.
인간은 불완전하니까. 누구도 '적당한 선에서'만 머물며
살 수는 없으니까.

그 장면은 어설펐다. 이도 저도 아니었다.

'더 화를 냈어야 해. 확실하게 표현했어야 해.'

자책하며 깨달았다. 나는 드라마 속 그녀였다. 미워 보
일까 봐 두려웠던 사람은 나였다. 더 용감했어야 했다.
더 분명하게 나를 드러냈어야 했다. 그녀의 이야기는 곧,
나의 이야기였다.

드라마 속 그녀는 끝내 B와 시작하지 못했다. B는 곁에서 사라져버렸다. 그 이후 A와의 안이한 현상 유지, '적당한 선'을 지키다가 그녀는 사랑에 실패했다. 미워 보일까 봐 화내기를 주저했기 때문이었을까. 더 확실하게 자기 마음을 살폈다면 뭔가 달라졌을까. 그녀의 사랑은 끝까지 이도 저도 아닌 채로 끝이 났다.

그래도 나는 실낱같은 희망을 붙들고 싶었던 모양이다. 마지막 장면에서 그녀는 우연히 B의 흔적을 발견한다. 사라진 줄만 알았던, 이제는 영영 만날 일이 없을 것만 같았던 B의 흔적을 발견한 그녀의 입가에 웃음이 번진다. 드라마는 거기에서 끝났지만, 나는 진심으로 그녀가 B를 만나러 달려가길 바랐다. 이제부터라도 진심으로 화내고 슬퍼하고 사랑하길 바랐다.

첫 드라마가 방송되었지만, 세상은 깜짝 놀라기는커녕 꿈쩍도 하지 않았다. 당연했다. 나는 천재가 아니니까. 다음 날 아침, 아무것도 달라지지 않은 평범한 하루가 시작되는 걸 보며 '현실 타임'이 와서 좀 우울했던 기억이 난다. 그렇게 나는 드라마 연출자가 되었다. 으스댈 것도 대단할 것도 없이, 그저 꾸준하고 성실하게 이야기를 만드는 사람, 정확하게 표현하고 과감하게 드러내는 것을 두려워하지 않는 창작자이기를, '처음'과 함께 결심했다.

〈너의 마녀〉는 지금까지도 신기하게 위안이 된다. 가끔 그녀의 목소리가 들려오는 것 같다.

두려움은 반드시 지나가야 하는 길이며, 나를 드러내는 일에는 용기가 필요하다고. 처음을 해냈으므로 또 해낼 수 있을 거라고. 이미 첫발자국을 뗐으니 그저 걸어가면 된다고…….

처음처럼 늘 그녀는 옳다.

그렇게, 나는 나아질 것이다.

나는 나아갈 것이다.

서툴렀던 첫,

모든 것의 시작이었던 나의 첫, 과 함께.

o

별이 빛나는
밤에

✕

"제가 물어볼 데가

하나도 없어서요.

귀찮으시겠지만······"

모르는 번호로부터 전화가 걸려왔다.

드라마 감독이 꿈이라는 귀여운 목소리의 여학생이었
다. 예전에 나와 인사를 나눈 적이 있단다. 방송사 공채
시험을 준비 중에 현장 스태프로 일하자는 제안을 동시
에 받아서 어떻게 해야 할지 너무나 고민이란다.

"제가 물어볼 데가 하나도 없어서요. 귀찮으시겠지
만요……."

조심스러운 말투에서 이 전화를 하기 전에 얼마나 고
심했는지 알 수 있었다. 얼마나 막막했을지, 뜨거운 사막
한가운데 혼자 버려진 것처럼 외로웠을지, 안다.

나도 그랬으니까.

스무 살 내가 보았던 별에 대해 말해주고 싶었다.

소백산 천문대에서 보낸 밤, 하늘에서 쏟아질 듯 빛나
던 보석 같은 별들과, 그 별빛 아래 울고 싶어지던, 슬픔
을 닮은 어떤 감정에 대해서.

대학 신입 시절, 철학학회와 역사학회의 연합 엠티
(MT)가 결정되었다. 선배들이 등산을 좋아한다는 이유

로, 장소는 자연스레 소백산으로 낙점되었다.

"당연히 산이지이."

"그러엄. 산이 최고지이."

모두 신나 하면서 (말도 안 되는) 원대한 계획을 세웠다. 첫날 철학과 역사 세미나를 (성실히) 하고 (엄청 많은) 술을 마신 뒤, 다음 날 (숙취 따위는 없이) 일찍 (아주 많이 일찍) 기상하여 소백산 정상을 (가뿐히) 찍고 반대편으로 하산하여 두 번째 숙박을 한다는 거였다.

…… 다들 제정신이 아닌 게 분명했다.

역시나 세미나는 대충 끝났고 술판이 벌어졌다. 패기와 열정이 가득한 술자리였다. 열심히도 마셨다. 새벽녘에야 술자리는 정리되었고, 그에 따른 당연한 결과로 늘어지게 늦잠을 잔 후, 숙취로 찌든 몸뚱아리로 소백산 정상 공략이 시작되었다.

그러고 나서 벌어진 일은 예상대로였다. 다만 그 예상을 나만 했다는 게 문제였지만…….

우선, 내가 지치기 시작했다. 본래 약한 체력에다가 전날의 음주, 그리고, 아아, 전 원래 산을 못 탄다고요.

그렇게 내가 뒤처지기 시작했다. 내 속도에 맞추느라 일행도 느려졌다. 얼마 지나지 않아 내 짐은 다 선배들의 차지가 됐다. 나는 빈 몸으로, 나만 이끌고 올라가면 되었지만, 어쩌랴, 내 몸이 제일 무거운 걸.

겨우 닿은 정상에서 하산 길로 나서자마자 날이 무섭게 저물기 시작했다. 이쯤 되니 다들 겁이 나는 모양이었다. 호기로운 척했지만 우리는 고작 스무 살 남짓 먹은 애송이들이었으니까. 서로를 격려하며 발길을 재촉했지만, 이미 나는 걸음을 떼기도 힘들 정도로 탈진한 상태였다.

밤이 되었다. 완벽한 어둠이 내려앉았다.

저 멀리 빛이 보였다. 천문대였다.

꾸역꾸역 천문대로 찾아가 문을 두드렸다. 소백산에 천문대가 있다는 것도 처음 알았다. 아무튼 천문대가, 그 높은 산 위에서, 우리 근처에 있었던 것은 정말 천운이었다.

젊은 남자 하나가 나와서 입을 떡 벌렸다. 첩첩산중에, 만신창이가 된 대학생들이 우르르 서 있으니 그럴 만도 했다.

"여긴 숙박 시설이 아닌데."

그렇게 입을 뗀 남자는 탈진한 나를 보더니 들어오라며 그제야 몸을 비켜 세웠다.

나는 바닥에 임시로 만든 잠자리에 눕혀졌다. 잠 속으로 빠져드는데 남자의 나직한 질책이 들려왔다.

"잘못하면 탈진해서 죽을 수도 있어요. 해마다 그렇게 산에서 죽는 사람이 얼마나 많은 줄 알아요?"

'…… 그래, 대자연은 무서운 것이다. 모든 아름다운 것들이 그러하듯 위험한 것이다. 인간은 거대한 산 앞에서 얼마나 미미한 존재인 것인가……. (곯아떨어진다…….)'

새벽에 눈을 떴다. 선배, 동기들은 모두 곤히 잠들어 있었다. 픽, 웃음이 났다. 그러게, 술들 좀 작작 마시지. 모두에게 민폐가 되어버린 내가 할 말은 아니지만.

다른 이들을 깨우지 않으려고 조심하면서 몸을 일으켰다. 화장실은 어디에 있는 걸까. 여기는 생전 처음 온 건물인데. 더듬거리며 출구를 찾아 밖으로 나갔다.

그리고, 별빛 아래 섰다.

…… 쏟아질 듯 많은 별들이 비추고 있었다.

하늘에 별이 이렇게 많았나, 별빛이 이토록 밝은가. 너무 아름다워서, 비현실적이었다. 까만 밤, 높은 산 위, 혼자, 수많은 별.

그래, 이곳은 천문대였지. 별을 관측하는 곳. 그래서 주변 불빛이 없는 곳에 자리했다는 곳. 하늘에 조금 더 가깝게 위치한 곳. 별을 보기 위한 곳이니 별이 잘 보이는 것은 당연할 테지. 그리고 나는, 다시는 이렇게 많은 별들과 마주치지 못할 것 같다는 생각이 들었다.

화장실을 찾아가던 것도 잊어버린 채, 나는 그 자리에 오래 서 있었다. 별빛에 감싸이는 느낌, 붕 떠오르는 것 같은 기분.

…… 울고 싶어졌다.

'나는 젊다. 내 앞에는 무한한 미래가 있다. 나는 가능성이다. 무엇도 나를 거스를 수 없다. 나는 무엇이라도 할 수 있고, 누구라도 될 수 있다. 그러나 내 미래는 미지의 영역이다. 이 위대한 자연 앞에서 나는 아무것도 아니다. 나는 미미하다. 나는 하찮다. 나는 우주 안에 한 점 먼지 같은 존재이며, 언젠가는 흔적도 없이 사라질 것이다……'

별처럼 많은 생각들이 머릿속을 빙빙 돌았다. 다시 고개를 들었다. 하늘 위 별들은 그대로 내게 쏟아질 것 같았다. 벅찼다. 마음이 뻐근했다. 허기가 느껴졌다. 절대 채울 수 없을 것이 분명한 허전함이 몰려왔다.

그 순간 깨달았다.
온 우주가 나의 존재를 축복하고 있다.
동시에, 이 세상에는, 절대로, 내가 아무리 애를 써도, 닿을 수 없는 '무언가'가 있다.

그때 나는 한계와 가능성을 동시에 알게 된 것이다. 까만 하늘이라야 비로소 별이 보이는 것처럼, 무한과 유한은, 선과 악은, 좋은 것과 나쁜 것은, 모두 한 쌍이며 결코 분리될 수 없다는 사실을.

아름다움은 통제할 수 없다. 내 한계 안으로 들어오면 빛을 잃는다. 살다 보면 그런 일을 아주 많이 겪게 된다. 닿을 수 없는 것에 대한 그리움을 안고 사는 것은 인간의 숙명이다.

그 아이에게 말해주고 싶었다.

너는 보석 같은 별들의 축복을 받고 있어. 그러나 살아가는 동안 별이 보이지 않는 시간이 훨씬 더 많을 거야. 그러다 어느 찰나, 적절한 어둠이 드리우고 맑은 바람이 불 때, 네 위에서 수많은 별들이 빛나고 있었다는 걸 알게 되겠지. 중요한 것은 별을 잡으려 하거나 별에 닿는 것이 아니라, 그 빛을 네 안에 받아들이는 법을 깨닫는 거야.

그 아이에게 말했다.

충분히 도움을 받되 선택의 순간은 혼자 견디는 거라

고. 중요한 결정에는 용기가 필요하다고. 그러나 겁이 나는 것은 당연하다고. 다만 그 두려움을 자신이 극복할 수 있다는 사실만은 잊지 말라고. 괜히 비장하게 배수의 진 따위, 칠 필요 없다고.

덧붙였다.

"건투를 빌어요."

그때 천문대에서 우리가 본 별은 모두 다른 별이 아니었을까.

우리는 같은 별에서 각자 다른 빛을 보지 않았을까.

통화를 종료하면서, 문득 그런 생각을 했다.

o

과거에
붙잡히지 않도록

x

리셋하기를

두려워하지 말 것.

언제라도 새로 부팅할 수 있도록.

친구는 연예인 K씨와 저녁을 함께한 적이 있다.

직업과 나이가 다양한 여러 사람이 섞인 자리였고, K는 그중 한 명과 가까운 사이였던 모양이었다. 최근에는 활동이 뜸했지만 한때 잘나갔던 K는 호기롭게 "이건 내가 살게!"를 외쳤다. 꼭 그래서는 아니었겠지만, 사람 숫자에 비해 좀 과하게 음식 주문이 많이 들어갔고, 활달하고 유머러스한 K는 식사 내내 분위기를 주도했다.

식사가 끝나고 화장실에 들렀다 나오던 친구는 본의 아니게 민망한 광경을 목격하고 말았다. 계산대 앞에 선 K가 지갑에서 신용카드를 꺼내 내밀었고, 그 카드는 긁히지 않았다. 신용카드가 거래 중지 상태라는 것을 K는 까맣게 몰랐던 것 같았다.

"손님, 잔액이 부족한 것 같네요. 다른 카드 없으십니까?"

K의 얼굴이 순식간에 벌겋게 달아올랐다.

"그, 그럴 리가 없는데……."

귀까지 새빨개진 K가 두 번째로 꺼낸 카드도 잔액 부족, 사용 불능이었다. K는 거의 패닉 상태가 되어 "이럴

리가 없는데"만 반복해서 중얼거렸다.

"얼마나 당황스럽던지. 끼어들 수도 없고. 유명한 거랑 돈 많은 거랑은 다른 얘기더라."

나는 누구나 궁금해할 법한 질문을 던졌다.

"그래서 계산은 누가 했어?"

결국 계산은 그 자리에 K를 부른 사람이 했다고 했다. 그도 적당히 부유한 사람이었으니 모두에게 편안한 결말이었다. 졸지에 자존심을 구겨버린 K만 빼고.

사람이 많았던 그 자리에서 K는 자신의 화려했던 과거를 떠올렸던 것 같다. 모두가 자신을 바라보고, 자신의 농담 한마디에 좌중이 웃음바다가 되고, 통장의 잔액을 체크하지 않아도 전혀 무리가 되지 않던 시절. 그때 그는 과거 속을 살고 있었던 거다, 현재가 아니라.

그래서였을까, 알지도 못하는 K의 일화가 나는 못내 불편했다. 남의 일 같지가 않았다.

나 역시, 숱한 순간 속에서, 과거에 매여 있지는 않았을까?

좋았던 과거로 지금을 오판하거나, 나빴던 과거로 현재를 방기하거나, 지난 일로 미래를 게으르게 낙관하거나 혹은 지레 비관하거나 하면서.

그래서 그 이야기를 들은 몇 년 뒤에, K가 다시 활발하게 활동을 시작한 것이 내 일처럼 기뻤는지도 모르겠다. 한 드라마에서 비중 있는 악역으로 출연한 K는, 주름은 더 깊어졌지만 건강해 보였다. 그리고 무엇보다도 눈빛에 날이 서 있었다. 지금을 충실히 살아가는 멋진 배우의 눈빛이었다.

그 눈빛에 안도했다. 앞으로 그는 좋은 배우의 길을 걸어갈 것이다. 통장 잔액은 때론 늘고 때론 줄겠지만, 그는 무사히 살아낼 것이다. 왠지 그럴 것 같았다. 그저 힘껏 응원의 박수를 쳐주고 싶었다.

유학 중인 친구를 만나러 떠난 시카고에서는 내내 끙끙 앓았다. 쌓인 업무들을 부랴부랴 처리하고 겨우 휴가를 맞췄는데, 그러느라 너무 무리했는지 비행기 안에서부터 몸살 기운이 덮쳐왔다.

뜨거운 물에 녹여 차처럼 마시는 독한 감기약을 마셨더니 참을 수 없게 졸렸다. 방 한가운데 쓰러져 있는 내게 친구는 호령했다.

"여기까지 와서 잠만 잘 테냐!"

그녀는 나를 종이 인형처럼 질질 끌고 나가 시카고 스타일의 '딥디시 피자(deep dish pizza)'를 반강제로 먹였다. 시카고의 명물답게 아주 '딥'하고 '헤비'한 피자였다.

그러고 나서 저녁에는 '앤디스(Andy's)'에 가잔다. 시카고의 유서 깊은 재즈클럽이라나. 음악에는 문외한이지만 그래도 '시카고'하면 재즈라는 것 정도는 안다. '시카고'하면 딥디시 피자와 재즈죠. 암요.

친구 말이 '그'도 참석하기로 했단다. 어머나! 순간 잠이 확 달아났다.

"진짜?"

마침 미국에 머물던 대학 선배가 그 자리에 온다는 것이다. 훌륭한 외모와 언변으로 선망의 대상이었던 그였다. 얼마나 더 멋있어졌을지 궁금했다. 그리하여, 다시 감기약을 한 포 더 타 마시고 기필코 잠과 싸워 이기리라는 비장한 각오로 눈을 부릅뜨고 나섰다.

그가 온다잖아(다시 눈에 힘을 준다)!

나이 든 티는 났지만 선배의 목소리와 미소는 그대로
였다. 그는 예전에도 사람들과 마주치면 반사적으로 동
일한 미소를 지어 보이곤 했다. 예전에 나는 선배가 남몰
래 미소 훈련이라도 받는 게 아닐까, 아니 어쩌면 미래에
서 파견된 미소 로봇이 아닐까 하는 의구심을 가진 적도
있었다(농담입니다). 그 정도로 자기 관리가 철저하다는
느낌이었다.

재즈 연주를 들으며 같이 맥주를 마셨다. 약으로 억지
로 눌러놓은 감기는 틈을 보아 언제라도 튀어나올 준비
를 하고 있었다. 맥주 맛은 끔찍했다. 감기 기운 탓인지,
아니면 최고의 재즈와 균형을 맞추기 위해 최악의 맥주
를 가져다놓은 것인지는 알 수 없었지만 말이다.

그는 쉴 새 없이 말을 했다. 그의 고민이 평범해서 놀라
웠고, 그의 시야가 좁아서 놀라웠고, 그의 관점이 진부해
서 또한 놀라웠다. 그는 의기소침했고 짜증스러워했다.

한때 대단했던 그 사람은 현재의 '대단치 않음'을 못 견뎌하는 것처럼 보였다. 주목만 받았던 화려한 과거가 발목을 붙잡고 있었다. 거인의 그림자 뒤에 숨어 있던 소심한 소년이 보였다. 그런 모습은 보고 싶지 않았는데, 보고 말았다.

그의 안에서 찬란했던 빛이 꺼졌다.
그 사실이 몹시 슬펐다.
과거가 지금의 성장을 가로막아서는 곤란하다.
리셋하기를 두려워하지 말아야 한다. 언제라도 새로 부팅할 수 있도록.

지난 일은 지난 일일 뿐이다.
우리는 현재를 살 수 있을 뿐이다.

미련 없이 쿨하게 걸음을 떼야만 마음먹은 대로 살 수 있지 않을까? 과거에서 벗어나 현재를 직시할 수 있지 않을까?

얼마 전, 과거 '한자리'하셨던 어르신의 뒷모습을 먼발치에서 보았다.

작고, 초라했다.

그런 뒷모습을 갖지 않으려면 어떻게 살아야 할까.

그날 밤 내내 잠을 이루지 못했다.

。

나한테
왜 그랬어?

X

나는 복수의 칼날을 갈았다.

'하느님,

그가 하는 일

다 폭망하게 해주세요.'

새로운 프로젝트를 위해 모인 꽤 중요한 미팅 자리였다. 그 자리에서 나에 대한 뒷말을 전해 들었다.

"걔? 상종하지 마. 걔는 절대 안 돼"라는 말.

상당히 구체적인 표현까지 옮겨 들었지만, 차마 그대로 적지는 못하겠다. 어쨌든 그 뒷말 속의 나는 절대로 무슨 일을 함께 도모해서는 안 될, 파렴치하고 못된 인간 말종 그 자체였다.

한 직장에 다니는, 사무실에서 자주 마주치는 동료가 그런 악담을 했다니……. 그 뒷말을 전한 지인은, 당시 내 프로젝트의 주요 파트너였다. 그러니 내가 하고자 하는 일에 찬물을 끼얹겠다는 동료의 의도는 명백했다.

'어떻게든 네 일을 망치고 말겠어!'

그 악의가 너무 선명해서 나는 전율했다.

왜? 도대체 왜?

우선, 악담을 퍼뜨린 동료의 말은 모두 '사실'이 아니었다. 그는 나와 가까운 사이도 아니었을 뿐더러, 내가 했던 일들에 대해 아는 것이 거의 없었다. 같이 일한 적도 없었고, 같이 일할 일도 없었다.

하루에도 몇 번씩 얼굴을 마주칠 때면 그는 아무렇지도 않게 나와 인사를 나누었다. 가끔 농담을 주고받기도 했다. 논쟁하거나 싸운 적도 없었다. 가깝지도 멀지도 않은, 그저 같은 사무실에서 근무하는 사이. 얼굴을 알고 인사 정도 나누는 사이. 그와 나의 거리는 딱 그 정도였다.

또한 그는 내 프로젝트와 아무 관련이 없었다. 즉, 내일에 타격을 입힌다 해도, 혹은 내가 떨어져 나간다 해도, 그에게 돌아가는 이득은 없었다. 떡고물이 떨어지는 것도 아닌데, 단지 누군가의 뒤통수를 치기 위해서 남에 대한 그런 험담을 작정하고 하는 이유를 나는 도저히 이해할 수가 없었다.

그 이후로도 그는 나를 아무렇지도 않게 대했다(내가 알고 있다는 걸 몰랐겠지만!). 어이가 없었다. 화가 치밀었다. 저 뻔뻔한 모습을 보라지! 천연덕스러운 그를 볼 때마다 욕지기가 올라왔다(내가 안다는 사실을 드러내지 않으려고 나도 안간힘을 썼다).

친구에게 이 상황을 호소했더니, 딱하다는 시선이 돌아왔다.

"얘가얘가~ 이렇게 세상을 몰라~ 사람들은 남한테 그보다 더 심한 짓도 서슴없이 한다고."

'그래? 내가 순진한 거야? 내가 세상을 몰랐던 거야? 저런 게 보편적인 거야? 자기에게 어떤 잘못도 하지 않은 타인에게 작정하고 악의에 찬 뒷말을 하는 것이 흔한 일이라고? 익숙해져야 한다고? 당연하게 받아들이라고?'

이해할 수 없어서 더 괴로웠다. 이유가 있었다면, 나에게 타격을 줌으로써 그가 얻을 이익이 명백했다면 적어도 이해는 할 수 있을 것 같았다. 그런데 왜? 단지 나를 힘들게 하려고? 상관없는 사람에게 어떻게 저런 악의를 품을 수 있는 거지? 심지어 그것을 실행에 옮길 수 있는 거지?

나는 복수의 칼날을 갈았다.
"나한테 왜 그랬어?"

처절하게 그를 파멸시키고, 바닥에 무릎을 꿇린 채 스릴러 영화에서처럼 묻고 싶었다.

"이 나쁜 자식, 나한테 왜 그랬어? 무슨 억하심정으로?"

새벽, 사무실에 아무도 없을 때 의자 위에 압정을 몰래 촘촘히 깔아둘까? 그놈의 뻔뻔한 엉덩이에 압정이 찔려 펄쩍펄쩍 뛰는 모습은 볼만하겠지.

주차장에서 차를 찾아 긁어놓을까? 영문을 알 수 없는 황당한 해코지를 너도 당해봐야지.

다짜고짜 따귀를 한 대 올려붙일까? 열이 올라서 얼얼한 뺨을 부여잡고 선 그에게 아무렇지도 않게 미소를 날리고 나서 천연덕스레 "네? 저한테 무슨 용건 있으세요?"하고 되물어줘야지.

그를 가장 기분 나쁘게 할 표현을 찾으려 골몰하기도 했다. 어떤 말이 그를 가장 다치게 할까? 어떤 일격이 그를 단숨에 무너뜨릴까?

기도도 했다.

'하느님, 그가 발 뻗고 자지 못하게 해주세요. 가시방석에 앉은 것처럼 불편하게 해주세요. 그가 하는 일 다

폭망하게 해주세요.'

　나는 진지하게 이 모든 생각을 다 했다. 문방구에 들어가 압정을 살 뻔했다. 직원 정보를 조회해 그의 차종과 차 번호를 알아낼 뻔도 했다. 비참해진 그의 모습을 수도 없이 상상했고, 나를 위해서도 안 하던 기도를 그렇게 간절하게 했다.

　"얼굴이 안 좋네?"

　보이차를 따라주면서 선배가 말했다. 지옥의 골짜기를 헤매면서 얼굴빛이 많이 어두워진 모양이었다. 그 말에 억울함의 둑이 터졌고 나는 울분에 차서 호소했다.

　"사람이 어떻게 그럴 수가 있어요? 그것도 당사자 뒤에서! 자기한테 떨어지는 것도 없으면서! 그냥 나 괴롭히는 거잖아. 나 잘되는 꼴은 못 보겠으니 어떻게든 구정물 튀기겠단 거잖아요!"

　하소연이 길어질수록, 이 상황이 얼마나 구질구질한지가 명백해져 갔다. 점점 흙탕물 깊이 잠겨드는 기분이었다.

묵묵히 듣던 선배가 입을 열었다.

"그런 거에 에너지 낭비하지 마."

그리고 덧붙인 한마디.

"네 재능이 아까워."

쿵. 묵직한 충격이 오면서, 그동안 내가 낭비한 것들이 파노라마처럼 머릿속에 펼쳐졌다.

…… 아까웠다.

밤잠을 설치며 유치한 복수의 계획을 짜내던 금쪽같은 시간이 아까웠다. 뼈마디가 쑤실 정도로 치 떨리는 분노에 상했던 내 체력이 아까웠다. 금이 간 내 마음이 아까웠다. 인간에 대한 신뢰를, 삶에 대한 의욕을, 지금껏 내가 걸어온 길에 대한 자부심을 다친 것이 아까웠다.

'고작 그따위 인간의 뒷말에 상처받기에 나는 너무 귀한 사람이잖아! 그러니, 이제 그만하자.'

비로소 결심이 섰다.

"보이차, 맛있네요."

선배는 끊임없이 푸른 다완에 차를 따라주었다. 우리는 재밌게 본 영화와 책, 앞으로 이루고 싶은 소망에 대해서 이야기를 나누었다. 말갛고 개운한 시간이었다.

지금도 그 사람을 가끔 마주치지만 이제 아무렇지도 않게 인사하고 지나친다. 별다른 감정의 동요가 일지 않는 게 신기할 따름이다.

걷다 보면 발에 채는 돌부리가 있을 수 있다. 넘어지거나 휘청거릴 수도 있다.

돌부리를 붙잡고 씨름하느라 아까운 시간을 낭비할 것인가, 툭툭 털고 일어나 가던 길을 갈 것인가. 무엇을 선택할 것인가.

나는 그냥 앞을 보고 걸어가기로 했다.

내가 아까우니까, 나는 귀하니까. 내가 허락하지 않는 한, 그 누구도 나에게 상처를 줄 수 없으니까. 내가 스스로 걸어 들어가지 않는 한 누구도 나를 지옥에 데려다 놓을 수 없다.

그러니까, 이 말은 평생 할 일이 없겠다.

"나한테 왜 그랬어?"

나쁜 것을 내 삶에 들이지 말 것. 때로 무시는 가장 현명한 답이다.

o

네가
어련히 알아서 잘하겠니

x

먹먹해졌다.

이런 말,

얼마 만에 듣는 걸까.

무거운 스웨터는 장롱 깊숙이 넣었지만 두툼한 점퍼는 꼭 걸쳐야 하는, 봄이라기엔 춥고 겨울이라기엔 따뜻한 3월이었다. 나는 꽉 막힌 강남의 도로 한복판에서 신호 대기 중인 택시 안에 있었다.

오랜만에 헤어숍에 다녀오는 길이었다. 숱을 쳐낸 머리가 가벼웠다. 그러나 마음의 무게는 그대로였다. 머리숱처럼 복잡한 심사도 쳐낼 수 있다면 얼마나 좋을까.

겨울은 드라마 촬영으로 눈코 뜰 새 없이 바쁘게 보냈다. 지독하게 추웠고, 시작부터 끝까지 우여곡절이 많았던 드라마였다. 매일 전쟁이었다. 비웃음도 샀고, 음해도 당했고, 결과는 나빴다. 밥 먹고 잘잘 시간을 쪼개서 콘티를 짜고 촬영을 하고 편집실에 갔다.

살인적인 일정에도 쓰러지지 않은 것은, 아마, 무너질 여유조차 없었기 때문이다. 울 기운이 없어서 나는 웃었다. 무슨 정신이었는지는 모르겠지만, 더 크게 더 많이 웃었다. 방어기제, 혹은 마지막 자존심이었을까. 한번 울기 시작하면 둑이 터진 것처럼 눈물이 멈추지 않을 것임을 내 무의식은 알고 있었던 것 같다.

바닥에 잘린 머리카락이 흩어졌다.

"맘고생 많았죠."

서걱서걱, 원장님은 묵묵히 가위를 움직이며 딱 한마디 했다. 어디선가 내 상황을 전해들은 모양이었다.

"…… 그러게요."

그걸로 대화는 끝났다. 더 이상 말 걸어주지 않아서 고마웠다. 무뚝뚝한 그 나름의 배려였을 것이다. 거울에 비친 나는 푸석했다. 맘고생 많았던 얼굴, 누가 봐도 맘고생 많았으리라 추측되는 상황을 지나온 얼굴.

차창으로 꽉 막힌 차들이 보였다. 휴대폰이 울렸다. 저장돼 있지 않은 번호였다. 그런데 숫자가 묘하게 낯이 익었다. 전화를 받으니, 익숙한 목소리가 내 이름을 불렀다. 뜻밖이었다.

"선생님!"

대학 은사님. 마지막으로 뵌 지가 벌써 몇 년인지 기억도 안 났다. 까마득했다. 내가 대학을 언제 졸업했더라. 대학을 다니기는 했었나. 나는 학교에 오래 머무는 학생이었고 일 년 동안 선생님의 수업 조교를 했다. 좋아하는 벤치에 앉아서 책을 읽고, 생각을 하고, 수다를 떨고, 남자친구를 기다렸다. 그때만 해도 적극적이고 자신만만한 성격이어서, 실패 같은 것 겁내지 않았다.

'덤벼라, 세상아. 내가 붙어줄게.'

가진 건 쥐뿔도 없으면서, 나는 내가 평생 이기고만 살줄 알았다.

"그냥 네 생각이 나서, 보고 싶어서 전화했다."

선생님은 그렇게 말씀하셨다.

머리숱을 많이 쳐낸 택시 안의 나는, 내가 진다는 걸, 그것도 자주 진다는 걸 알고 있었다. 앞으로도 수도 없이 지고 살겠지. 늪에 빠진 것처럼, 자학은 끈적이며 나를 붙잡아 아래로, 더 깊은 아래로 끌어내리는 중이었다.

"잘 지내지."

그 목소리만으로 왠지 나는 좀 목이 메었다. 신호가 바뀌고 택시가 움직이기 시작했다.

며칠 뒤, 캠퍼스를 찾았다. 많이 변했으면서 또한 그대로였다. 처음 보는 새 건물들이 여럿 생겨난 사이로, 지난 시간이 뭉클, 피어올랐다.

교수님의 연구실에 마주 앉았다. 내 상황에 대해서는 이야기하지 않았다. 자랑거리도 아니었거니와 털어놓을 기분도 아니었다. 그냥 편하게 나눌 수 있는 멀리 있는 이야기들, 화제인 뉴스, 동문들의 근황, 요즘 학교 분위기, 선생님과 내가 공유하는 기억들을 이야기했다. 오랜만의 대화는 따뜻했고 즐거웠다.

"가볼게요, 선생님. 또 올게요."

자리에서 일어나 나가는 내게 선생님의 목소리가 들려왔다.

"넌 잘 살 거다."

걸음을 멈췄다.

선생님 안에는, 반짝반짝 빛나던 시절의 내가 저장되어 있었다. 내 본래의 힘이, 꿈이, 넘치는 가능성이, 장점이, 겁 없이 돌진하던 패기가……

"네가 어련히 알아서 잘하겠니."

먹먹해졌다. 네가 알아서 잘할 거라니. 이런 말, 얼마만에 듣는 걸까. 밑도 끝도 없이, 맥락과 아무 상관없이, 네가 어련히 알아서 잘하겠냐고.

나조차도 잊고 있었던, 별거 아니라고 무시하고 폄하해왔던 내 모습을 기억하는 사람이 말한다. 넌 잘 살 거라고. 네가 알아서 잘할 거라고. 내가 최근에 얼마나 헛발질을 했고 비틀거렸는지 모르는 선생님은 부드럽고 단호하다.

"넌 잘 살 거다. 네가 어련히 알아서 잘하겠니."

그 순간이 내게 얼마나 힘이 됐는지, 선생님은 아실까.

햇살이 쏟아지는 교정을 걸어나오며 나는 확신할 수 있었다.

나는 잘 살 거다. 내가 어련히 알아서 잘할까.

있는 줄도 잊고 있었던 자신감이 피어올랐다. 스무 살 시절 나의 자신만만함은 여전히 내 안에 있다. 그러니 그저 꺼내어 쓰기만 하면 된다. 그것은 내 주소가 적힌 우편물이 내 우편함에 꽂히는 일만큼 자연스럽고 당연한 사실이다.

지금도 가끔 그 말을 주문처럼 사용한다. 이 주문은 맘고생 많을 때 특히나 유용하다.

난 잘 살 거야.
내가 어련히 알아서 잘할까.

그러면 나도 모르게 웃게 된다. 그날 캠퍼스에 쏟아지던 햇살이 얼마나 밝았는지, 선생님의 연구실에서 풍기던 책 냄새가 얼마나 다정했는지, 스무 살 나는 얼마나 자신만만했는지, 세상 무서울 게 하나도 없었는지. 그리고……

그 모든 것이 지금도 내게 있음을 자각한다. 그러니 내가 어련히 알아서 잘하지 않겠는가.

ㅇ

도망칠 곳이
필요해

X

"저기 미안한데,

문 좀

열어줄 수

있을까?"

석사과정을 밟게 된 건, 순전히 IMF 때문이었다. 취직을 하려 했는데, 그해에는 아예 채용이 없는 경우가 많았다. 한편으로 벤처 붐이 일었는데, 그쪽으로는 정보도, 재능도 없었다.

'에라, 모르겠다. 학부 때 얼렁뚱땅 보낸 게 아쉬우니 이 기회에 공부나 더 하자' 하는 마음으로 대학원에 들어갔다. 내심 2년이라도 시간을 벌어 불확실한 미래를 미루고 싶었다.

대학원실에는 도서관처럼 책상이 주르륵 놓여 있었다. 박사과정생부터 우선 배정해주고 남으면 석사과정생에게 자리가 돌아왔다. 다행히 내가 입학했을 때는 자리에 여유가 있어서, 모두 책상 하나씩을 차지할 수 있었다.

내 책상이 있는 곳은 창가였다. 운이 좋았다.

그것이 내 최초의 책상이었다. 어렸을 때부터 동생과 방과 책상을 함께 써왔기 때문이다. 모든 것이 제자리에 놓여 있어야 하는 나와 달리 동생은, 말하자면 '자기만의 질서'를 추구하는 타입이어서, 많이 싸웠다. 오직 나만의 질서를 따르는 나만의 책상을 얼마나 갖고 싶었는지.

우리는 대학원실의 열쇠를 복사해서 나눠 갖고, 맨 먼저 오는 사람이 문을 열고 맨 마지막에 나가는 사람이 문을 잠근다는 단순한 규칙을 세웠다.

주로 문을 여는 사람은 나였다. 일찍 오면 한동안 아무도 없는 그 공간을 혼자서 점유할 수 있었다. 그 느낌이 너무 좋아서, 새벽같이 집을 나섰다. 어둑한 계단과 복도를 지나, 열쇠를 꽂고 문을 열면 아직 누구와도 섞이지 않은 그곳이 모습을 드러냈다. 나를 환대하듯, 밝고 환했다.

커피를 한 잔 타서, 창밖을 내려다보며 천천히 마시면 그 순간 나는 풍요로웠다.

그때 나는 가진 것 하나 없었는데도. 내 인생에서 가장 가난하던 시절이었는데도. 무엇을 가져야 할지, 무엇을 가질 수 있을지 몰랐는데도. 하루가 시작되었고 홀로 있는 이 공간에 내 책상이 있다는 사실만으로 세상이 내 것 같았다.

시간이 지나면서 열쇠는 열쇠 구멍과 어긋나기 시작했다. 열쇠가 망가진 건지 구멍이 망가진 건지는 알 수 없었다. 여러 사람이 복사한 열쇠를 써서 그런 건지, 몇 달이 지나자 찰칵 하는 청량한 소리가 사라졌고, 빽빽한 열쇠를 힘껏 돌려보며 용을 써야 했다.

친절한 누군가가 〈연필심을 갈아 열쇠에 고루 묻히고 열었다 닫았다 해보세요〉라고 적힌 쪽지를 문 옆에 붙여놓기도 했지만 큰 효과는 없었다. 일단 연필심이 없었고, 다들 힘이 넘치는 이십 대였으니까. 오히려 열쇠를 넣고 한참을 달칵거리다가 탁, 잡아채듯 문이 열리면 묘기라도 부린 듯 으쓱거렸다. 남학생들 사이에서 누가 문을 더 잘 여는가 경쟁이 붙기까지 했다.

열쇠 사용 난이도는 나날이 올라갔다.

이른 아침이었다. 평소처럼 열쇠를 꽂고 몇 번 흔들고 돌리고 당기고 하다 보면 열릴 줄 알았는데, 아니었다. 한참을 낑낑대다가 포기하고, 옆에 있던 도서관으로 가서 도움을 청할 만한 사람이 있는지 아는 얼굴을 찾아보

기로 했다. 마침 얼마 전 사법고시 준비를 시작한 후배의
모습이 보였다.

"저기 미안한데, 문 좀 열어줄 수 있을까?"

그러마 하고 흔쾌히 일어선 죄로 그는 진땀을 흘리며
열쇠와 씨름했다. 처음 몇 번의 시도를 실패한 것이 그의
도전 정신에 불을 지폈다. 이글이글 승부욕에 불타서 잡
아먹을 듯 열쇠를 돌리는 팔에 불끈 솟은 힘줄을 민망하
게도 보고 말았다.

마침내 철컥, 열쇠가 돌아가면서 문이 열렸다. 환희로
붉어진 얼굴의 후배가 열쇠를 돌려주었다. 어색한 감사
인사로 아침 공부를 방해한 미안함을 감췄다(나중에 들으
니 그는 다행히 고시에 합격했다고 한다. 여전히 승부욕에 불타
서 법정을 뛰어다니고 있을까).

지금은 내게 최초의 책상을 넘어서는 곳이 있나, 그런
생각이 든다.

거기에서 책을 읽고, 발제문을 쓰고, 이야기를 나누고,
어떻게 살지 계획을 세웠는데. 오직 나를 위한 장소, 진

짜 '자기만의 방.' 처음이어서 더 귀했던 그 자리에서 나 자신에게 집중했더랬다.

그 뒤로 갖게 된 어떤 방도 그렇게 완전히 나를 위한, 나의 것은 아니었다. 더 크고, 더 비싸고, 더 화려해도, 중요한 건 거기 있지 않았다.

나는 열쇠를 잃어버린 것일까.

그곳으로 가는 방법을 잊어버린 것일까.

무뎌졌다. 자기만의 방을 위해서 새벽같이 일어나 열쇠를 쥐고 아무도 없는 그곳의 첫 방문자가 되었던 그때보다. 대학원실의 첫 공기를 마시며 세상을 다 가진 듯 좋았던 나는, 가난했어도 '본래의 나 자신'에 더 가까운 사람이었다.

그러니까, 열쇠가 필요하다. 열쇠를 찾으면 문은 열 수 있을 것이다. 낡은 상자를 열고 열쇠를 찾아 뒤적거려봤다. 묵은 과거가 먼지처럼 피어올라 켁켁, 기침이 나왔다.

온 힘을 다해 손잡이를 당기고 닳은 열쇠를 달칵거려야 할 곳. 연필심을 갈아넣어서라도, 도서관에서 공부하던 후배를 졸라서라도, 문을 열어야 할 곳. 창문을 열고, 책상을 닦고, 커피포트에 물을 올려야 할, 그곳.

조금 지나면 타인들로 북적일, 그러니 오직 지금, 하루를 시작하는 이 아침에, 온전히 내가 소유해야 할 곳. 그곳에 가기 위하여.

○

애초부터
'행복해지고 싶다'는 게
말이 돼?

x

행복할 것인가 말 것인가는

결국 '나의 선택'에

달린 문제인데.

일은 바쁘고, 사람에 치이고, 연애는 꼬이고. 무엇 하나 내 마음대로 풀리지 않던 날들이었다. 애쓰다가도, 결국 또 아니군, 하고 말게 되는 일상에 환멸을 느꼈다. 어디라도 혼자서 지친 마음을 달랠 곳이 필요했는데, 또 한편으로는 혼자 있을 자신이 없었다. 잘 아는 누군가의 방이라면 좀 나을까. 익숙한 흔적에 살짝이라도 기댈 수 있게.

친구의 방을 하루 빌렸다. 어렵사리 꺼낸 부탁을 친구는 흔쾌히 받아주었다.

"나는 일찍 나가서 늦게 돌아올 거야. 얼마든지 언제까지라도 편하게 있어."

스스럼없이 보내온 주소와 현관 비밀번호.

"혼자서 끙끙 앓지 말고."

이렇게 힘들 때마다 손 내밀어준 사람들 덕분에, 나는 더듬거리면서도 살아온 거겠지.

삑, 삑, 삑, 삑, 현관 비밀번호를 눌렀다.

문이 열렸다.

친구의 방은 생각보다 아기자기했다. 안 그런 것 같으면서도 섬세하고, 인테리어에 애정 넘치는 그녀다웠다. 분홍 포스트잇이 여기저기 붙어 있었는데, 친구가 잊지 않고 챙기는 일상이었다.

그중 내게 남긴 포스트잇이 눈에 띄었다.

〈편하게 쉬어. 냉장고 안에 샌드위치랑 우유 있음.〉

창가에 작은 화분이 보였다. 초록색이 풋풋했다. 화분을 키우는 친구의 용기에 감탄했다.

나는 화분을 키우지 못한다. 생명을 감당할 자신이 없기 때문이다. 물을 제때 줄 수 있을까, 혹시나 죽어버리면 어떡해, 두렵거나 걱정하지 않을 자신이 없다.

나 자신도 못 챙겨서 맨날 허덕거리는데, 뭐.

주인 없는 방에서 음악을 들었다.

책을 읽고, 스트레칭도 하고, 생각도 했다.

인터넷을 하고, 샌드위치도 먹고, 우유도 마셨다. 하얀 우유라니, 이게 얼마 만이야.

친구가 나를 위해 냉장고에 넣어둔 우유, 하얀 우유.

그러는 사이 회사에서 몇 통의 전화가 걸려왔다. 이 최소한의 업무를 온 힘을 기울여 해냈다. 꽤나 멀쩡하게 통화를 마쳤다.

잘했다, 나. 그 정도만이라도 나를 칭찬해주어야 했다.

안간힘을 쓰며, 정신을 붙들고, 그 정도라도 일을, 생활을, 해나가고 있는 나를. 보듬어주어야 했다. 나라도.

새우처럼 몸을 구부리고 잠들었다. 잠자리에 까다로운 편인데, 의외로 쉽게 잠에 빠졌다. 눈을 뜨니 어느새 해가 뉘엿뉘엿 넘어가고 있었다.

친구는 늦을 거라고 했다. 보지 못하고 이 방을 떠나야 하겠지. 친구는 함께 있어주지 못해 미안하다고 했지만, 차라리 다행이었다. 다정한 누군가가 말 걸어주는 순간 갑자기 울음이 터져나올 것 같았으니까.

'불행해지고 싶지 않다'와 '행복해지고 싶다'는 전혀 다른 뜻이다. 아니, 애초부터 '행복해지고 싶다'는 게 말이 되나. '행복하고 싶다'여야지.

행복이 누구라도 쉽게 잡을 수 없는 파랑새 같은 존재라 해도, 결국 행복할 것인가 말 것인가는 '나의 선택'의 문제니까 말이다. 늘 행복을 뒤로 밀쳐둔 사람은 바로 나였다. 행복하지 않은 건 나의 선택에 따른 결과였다.

할 말 없지, 뭐.

밖에서 기차 소리가 들렸다. 하늘이 까매지기 시작했다. 나는 그리운 시간을 떠올렸다.

미련일 수도 있고, 불필요한 짓일 수도 있겠지만, 그래도, 이렇게 그때를 그리워하는 것은 그 시간에 대해 내가 줄 수 있는 최소한의 예의 같은 것이 아니냐고 애써 스스로에게 이유를 부여했다.

왜냐면, 나는 좋았으니까. 한편으로는 나를 힘들게 만들기도 했던 그 시간 속에서의 일들이. 누군가 내게 바보같다고 놀리면, 이렇게 변명해야겠다.

'그 누구의 탓도 아니야. 비난할 것은 아무것도 없어. 그 시간들을 겪은 이유가 있을 것이고, 시간이 흐르고 나

면 나는 그 의미를 알게 될 거야. 분명히.'

〈잘 쉬었어. 샌드위치랑 우유도 맛있었어.〉

잘 보이는 곳에 새로운 포스트잇을 붙여두고 친구의 방을 나섰다. 철컥, 뒤에서 도어락이 잠기는 소리가 들렸다. 그녀가 말했었다.

"언제든지, 언제까지라도 편하게 있어."

'안녕, 고마웠어.'

언젠가 다시 이곳에 돌아올 것 같은 기분이 들었다. 그때 나는 좀 더 단단해져 있기를. 먼저 친구에게 손 내밀 수 있기를. 다 지난 일이지 뭐, 하면서 크게 웃을 수 있게 되기를.

그때도 바깥에서 기차 소리가 들려오겠지.

°

마음의
재구성

×

가상의 이야기를
만들어내는 과정에는
결국 꼭 현실의 내 마음이
반영되고 만다.

"갑자기 고백을 하는 거야. 이를테면……."

"사랑한다고?"

"아니, 그건 너무 직접적이야. 촌스러울 수도 있고. 매달리는 것처럼 보이면 매력 없어."

"흠……."

"'I love you'를 '달이 아름답다'고 번역하기도 한다잖아. 어떤 시인은 혼자 있어도 좋다는 말을 행복하다고 잘못 썼다지. 이별로 사랑을 대신하기도 하고."

"비가 올 것 같다. 비가 오는 거야."

"응?"

"비를 사랑의 암호로 쓰면 어때? 비 내리는 날 둘이 만났잖아. '하늘에서 내리는 비처럼 너를 지켜줄게. 비가 오면 나를 기억해' 하면서 남자가 여자에게 고백하는 거지."

"오, 좋은데?"

"그리고, 죽어."

"죽인다고?"

"응. 죽여야지. 죽일 거야. 죽어야 사랑하는 마음이 더

애틋해지니까."

"어떻게 죽일 건데?"

"최대한 자연스럽게. 흔적을 남기지 않으면서."

"그래. 너무 잔인하면 곤란해. 최대한 피를 덜 흘리는 방식을 써야 할 것 같은데?"

"그러면 그냥 시체가 발견되는 걸로 할까? 죽이는 장면 없이?"

가까이 앉은 누군가 들을세라 소곤소곤 목소리를 낮췄다.

물론 고백도, 살인도 현실에서 벌어진 일은 아니다. 감독과 작가 둘이 카페에서 만나 커피를 홀짝거리며 플롯을 짜는 중이다. 이야기 만들기(story-making)를 업으로 하는 사람들 사이에서는 흔한 풍경이지만, 대부분의 사람들은 평생 한 번도 나누지 않을 대화일 것이다.

근처에서 우연히 우리의 말을 듣게 된 누군가가 내 얼굴을 잠재적인 범죄자의 몽타주로 기억하게 만들고 싶진 않았다.

"남자가 죽고 여자는 배신감에 휩싸여. 너무 슬픈데, 그 와중에 이상한 것들이 계속 튀어나오는 거지. 남자의 일기장, 처음 보는 다른 여자……. 그럼 여자는 생각하지. 나는 죽은 애인에 대해 아무것도 몰랐구나, 하고."

"어쩌면 우리 대부분이 다 그럴지도 몰라. 너는 네 남자친구를 얼마나 알고 있다고 생각해?"

"글쎄, 우리는…… 사랑하는 사람의 민낯을 한 번이라도 제대로 본 적이 있었을까?"

전날 밤 애인과 다퉜다.

"꼭 그런 식으로 말해야 돼? 좀 더 이해해주면 안 돼? 나를 그렇게 몰라?"

스토리 구성 회의는 나의 연애 상담으로까지 번졌다. 가상의 이야기를 만들어내는 과정에는 결국 꼭 현실의 내 마음이 반영되고 만다. 사실 지난 다툼은 좀 심각했어서 나는 이 관계를 그만두어야 하나까지 고민하던 상황이었다.

"너 나 좋아하는 거 맞아?" 하는 의심.

"우리 이대로 끝나는 거 아니야?" 하는 불안.

의심과 불안은 이야기 속 인물에게 그대로 투영되었다. 여자는 계속 의심했다. 이 남자가 내가 알아온 그 사람이 맞는 걸까. 이 남자에게 나는 아무것도 아닌 존재 아닐까. 그리고 남자는 죽는다(내가 죽이기로 결정했다). 죽고 나니 여자는 더 엉망진창이 되고…….

마주 앉은 그녀가 다 알겠단 표정으로 피식 웃었다.

"어쩐지~ 그래서 죽이기로 했고만~."

나는 좀 억울한 기분으로 항변했다.

"그건 아니야. 남자의 죽음은 처음부터 계획했던 거고. 그래야 여자가 진실을 알게 되는 순간의 감동을 더 키울 수 있잖아."

"알아. 농담이야."

"끝은 해피엔딩이어야 해. 오해는 풀려야 하고."

"나도 해피엔딩이 좋아. 현실이 비루한데 상상마저 비극으로 끝나는 건 싫어."

"응. 여자는 알게 될 거야. 남자가 자기를 구하고 죽었다는 걸."

"모든 게, 배신이라고 여겼던 일들까지, 다 상상도 못 할 만큼 큰 사랑의 증거였다?"

"사랑은 그런 거잖아. 폐허 속에서 마지막에 피어나는 꽃 같은 것."

나는 연애를 믿기로 한다. 이야기의 힘을 빌려보기로 한다. 그 모든 위험에도 불구하고, 결국 인간을 구원하는 것은 사랑일 테니까. 너무 나이브한 거 아니냐는 핀잔도 꽤나 들었지만, 결국 나는 사랑에 기대를 거는 사람인 것이다.

"그녀가 겪은 그 모든 일들에도 불구하고, 여자는 괜찮을 거야."

"그러길 바라."

스토리텔링은 수도 없이 나를 구해주었다. 가상의 세계를 시뮬레이션하면서, 그 안에서 인물들을 움직이고 캐릭터들의 감정을 느끼는 과정에서, 현실의 나를 이해하고 해결책을 발견할 수 있었다. 지금의 어려움을 헤쳐나갈 힘을 얻을 때도 많았다. 방구석에 쪼그리고 앉아 동화책을 읽던 어린 시절부터 크고 작은 이야기를 만들어 가는 일을 직업으로 삼게 된 지금까지, 상상은 치유와 극복을 위한 매우 효과적인 방법이었다.

상상 속을 내달리면서, 위로받았다. 완벽하진 않더라도 어느 정도는 마음이 가벼워졌다.

대화의 끝에서 생각했다.

'아무려면 어때. 결국엔 다 괜찮을 텐데. 해피엔딩일 텐데.'

그러니, 안심하자고, 상상과 다른 현실이 펼쳐질 수도 있겠지만 미리 걱정을 사서 하지는 말자고 다짐했다.

ㅇ

먹고 나서
싸우자

x

힘들면 일단
뭐라도 먹는다.
먹고 나서
싸우면 되니까.

이상하게 억울해지는 순간이 있다.

'도대체 나한테 왜 이래? 왜 이러는 거야?'

분해서 세상을 향해 주먹이라도 휘두르고 싶은 날.

씩씩거리다가 벌떡 일어나

책 몇 권을 급히 집어넣은 백팩을 둘러메고

부리나케 달려간 곳은 알라딘 중고서점이었다.

돌아오는 길, 편의점에 들어가서

중고서점에다 책을 판 돈으로 과자를 샀다.

책이 들어 있던 백팩 안을 과자로 빵빵하게 채웠다.

그날 밤, 과자를 양껏 먹었다.

군것질에 으레 따라붙는 죄책감도 문제가 되지 않았다.

'어쩌라고. 내 맘인데.'

책은 마음의 양식이라 배웠는데, 그 말은 옳았다.

그 밤의 책은 달고 짜고 고소한 양식이 되어 마음에

위안을 주었다.

여성인권 변호사인 글로리아 올레드(Gloria Allred)는 울고 싶은 기분이 들면 자신에게 이렇게 말한다고 했다.

"울고 나서 싸우자."

나는 그날 밤 자신에게 이렇게 말했다.

"먹고 나서 싸우자."

마음대로 해도 좋은 날.

일상에서 가끔은 내 방식대로, 세상과 싸울 수 있는 힘을 비축하는 시간. 때로는 그런 시간도 필요하다.

힘들면 일단 뭐라도 먹자.

먹고 나서 싸우면 되니까.

o

뻔한 힐링은
없다

x

다양한 위로가 쏟아졌지만,

이상하게

그중 무엇도

와닿지 않았다.

우울을 장식처럼 매달고 다녔다. 사춘기처럼 감성이 폭발했다. 만나는 모든 이들에게 우울감을 토로했다.

"다 엉망이야, 쓸쓸해, 기분이 좋지 않아."

사는 게 원래 이런 거냐고, 자주 물었다.

"아니야, 삶은 행복한 거야, 네게도 좋은 일이 일어날 거고, 너는 사랑받는 존재야."

그런 답이 듣고 싶었다.

고맙게도 많은 사람들이 힘내라며 밥을 사주고 커피를 사주고 술을 사주었다. 우울해하지 말라고, 너 정도면 괜찮은 거라고, 네가 뭐 어떠냐고, 나도 힘든 일을 겪었다고, 다 그러면서 산다고, 잘될 거라고……. 다양한 위로가 쏟아졌지만, 이상하게 그중 무엇도 와닿지 않았다. 말들은 밑 빠진 독에 담긴 물처럼 공허하게 사라졌다. 이쁜한 위로의 말들. 진부했고, 지겨웠다.

'더 섬세하고 더 따뜻하고 더 세련된 위로는 없는 거야?'

나는 더 우울해져 갔다.

그리고, 마침내, 이런 말을 듣고 말았다.

"너는 맨날 우울한데, 이제 나는 너에게 뭘 더 어떻게 해줘야 할지 모르겠어."

일종의 항복 선언.

"어휴, 더 이상은 네 징징거림을 못 듣겠어. 질린다, 정말."

뭔가 들킨 것 같아 버럭, 화를 냈다.

"뭐 해달란 거 아니야. 그냥 들어달란 거야. 우리 사이에 그것도 못 해줘?"

자리를 박차고 일어나 나오니, 당연한 수순처럼 또 다른 색깔의 우울이 몰려왔다.

그날 저녁, 산책을 나갔다. 곧 겨울이겠다 싶은 스산한 바람이 불었는데, 그에 대비되게 길가 가로등의 노란 불빛이 따뜻했다.

멈춰 서서 가로등을 올려다봤다.

…… 예전에 비슷한 빛을 본 적이 있었는데.

꽤 오래전, 대하 드라마의 조연출을 하던 때였다.

겨울이었고, 대부분의 촬영은 전라북도 부안의 바닷가에서 이루어졌다. 그 주 찍어 그 주 방송하는, 이 바닥 용어로는 '주치기'라고 부르는 상황이었다. 촬영팀이 세 팀이나 동시에 돌았을 정도로 스케줄이 빡빡했고, 스태프들은 아예 부안에서 몇 달째 살고 있다시피 했다.

　나는 편집, 더빙, 믹싱 등 후반 작업을 끝내고 주조정실에 방송용 테이프를 최종 입고하는 과정을 맡았는데, 그에 더해서 하루 분량의 촬영이 내게 주어지는 경우가 더러 있었다.

　그러면 나는 차를 몰고 부안에 내려가 촬영을 하고, 그날 내가 찍은 테이프와 그동안 다른 촬영팀들이 찍은 테이프를 받아다가 차에 싣고 서울로 올라와서 편집실에 그 테이프들을 넘겼다. 편집자가 밤을 새워 편집을 끝내면, 또 그걸 받아다가 더빙과 믹싱을 해서 주조정실에 완성된 '본방 테이프'를 방송 한두 시간 전에 넘기곤 했다.

　한 단계라도 삐끗하면 방송 사고였으니까 긴장을 놓을 수가 없었다. 나만큼 마음이 불편해서 방송 날짜만 되면 나랑 수십 번 통화를 해야 했던 주조정실의 담당자에게 방송용 테이프를 넘기고, 사무실에 돌아와 TV로 시간 맞춰 무사히 방송이 나가는 것을 확인하고서야 집에 돌아가는 날들이 반복되었다.

그날도 하루 종일 촬영한 테이프를 바리바리 차에 싣고 부안에서 서울을 향해 출발했다. 이미 늦은 밤이었고 몹시 피곤했지만, 빨리 여의도 편집실에 테이프를 넘겨야 했다. 편집 스태프들도 밤을 새울 각오로 대기 중인 상태였다. 그런데.

올라오는 길에 눈보라가 엄청나게 쳤다. 운전하는 시야가 가리고, 강풍에 차가 흔들리는 게 느껴질 정도였다. 겁이 덜컥 났다. 앞은 안 보이고, 졸리고, 차는 뒤뚱거리고, 길은 미끄럽고, 마음은 급하고, 혼자 있는 차 안에는 제시간에 편집실에 도착하지 못하면 큰일 나는 따끈따끈한 촬영 원본이 가득했으니까.

결국, 나는 어느 휴게소에서 멈췄다. 정확히 어디였는지는 기억나지 않는다. 빈자리에 차를 세우고 그냥 멍하니 앉아 있었다. 그때 나는 휴게소 건물의 노란 불빛을 보고 있었다.

멀리 보이는 그 노란 불빛 앞으로 눈발이 휘날렸고, 그것은 무척 아름다웠다. 나는 그 장면을 사진을 찍듯 머릿속에 입력시켰다. 이상하지만…… 오래 기억하고 싶었다. 외롭고 무서운 중에도 그 빛은 참 따뜻했으니까. 그 앞에 날리는 흰 눈발도 함께 빛이 났다. 그런 풍경을 보고 있자니 마음 한구석이 따뜻해졌다. 어쩐지 위로받는 듯한 느낌이 들었다.

한참을 그렇게 있다가, 나는 다시 핸들을 잡았고, 무사히 서울에 도착했고, 방송도 시간 맞춰 잘 나갔다. 그 시절 반복해서 겪었던 평범한 한 주였다.

산책길의 노란 가로등 불빛이 나를 비추고 있었다. 서른 살의 내가 마주쳤던 다정한 온기와 빛나던 흰 눈송이들……. 오래 기억하고자 애써 머릿속에 입력했던 그 장면이 자꾸만 떠올랐다. 그러고 나니 알 것 같았다. 늘 위태하고 불안했던 그 시절도, 마침내 안전하게 지나갔음을.

살아가는 일은 대부분 매서운 눈발을 뚫고 보이지도 않는 앞을 향하는 것인데, 그사이에 만나는 따뜻한 빛 한 점이 그 길을 헤쳐나갈 수 있도록 힘을 주는 게 아닐까, 그런 생각을 했다. 한순간의 숨 같은 쉼, 찰나의 아름다움, 짧은 안도, 잠시의 휴식……, 그런 것들이 가만히 등을 밀어주는 것은 아닐까 하고.

내가 그렇게 주변에다 징징댔던 건 핑계가 필요해서였을까. 그때처럼 운전대를 잡고 싶지 않아서, 눈보라 치는 춥고 얼어붙은 길 위에 나서고 싶지 않아서, 강풍에 뒤뚱거리는 차 안이 무서워서 그랬던 걸까. 그래서 '아무것도 안 해도 괜찮다고 해줘' 하는 마음으로 주변 사람들에게 넋두리를 해댔던 걸까.

우울의 늪에서 스스로 빠져나오기는커녕, 손잡아준 이를 당겨서 미끄덩, 같은 늪 속에 빠지게 했는지도 모르겠다. 그래서 그토록 다정했던 사람이 두 손 두 발 다 들게 만들고 말았다. "나는 이제 너에게 뭘 어떻게 해줘야 할지 모르겠어, 너를 만날 때마다 나도 우울해져" 하고.

'징징거리는 건 그만둬. 감정의 찌꺼기를 배설하는 통로로 타인을 이용하지 마.'

비로소 정신이 들었다. 그 모든 위로의 파도 끝에 마침내 노란 가로등 불빛 아래서.

뻔한 위로는 확실히 좀 지겹고 허무하다. 당연하다. 그것은 아무것도 해결해줄 수 없다. 힐링은 밖에서 오는 것이 아니다.

홀로인 내가, 스스로 시동을 걸고 운전대를 잡고 차를 움직여 목적지에 이를 때, 고속도로 휴게소에서 짧은 휴식을 누릴 때, 아무리 피곤해도 차갑게 얼어붙은 도로를 지나야 하는 사람은 결국 나뿐임을 받아들일 때, 마침내 방송이 제시간에 나간 뒤 퇴근해서 안전한 잠 속으로 빠져들 때, 진짜 위안은 그런 순간에 있었다.

그 순간의 위로는 확실히 더 섬세하고, 더 따뜻하고, 더 세련됐을 것이다.

o

잊지 말자,
사람은 잘 변하지 않아

×

그는 나를 사랑한 적이 없다.

인정할 건 인정하자.

우린 맞지 않아.

바쁜 척하는 사람, 별로다.

당연하다는 듯 늦게 나타나는 사람, (근데 왜 미안하단 말이 없니.)

늦게나마 이 자리에 오기 위해 바쁜 자신이 얼마나 노력했는지 생색내는 사람, (내가 너보다 더 먼 거리를 왔단다.)

바쁨을 '나는 중요한 사람이야'라는 인증처럼 여기는 사람, (이봐, 난 네가 최근 어떤 업적을 쌓았는지 별로 궁금하지 않아.)

상황이 어떻게 될지 모르겠다며 약속 시간을 확정하지 않는 사람, (그러니 너를 빼고 우리끼리 만날 수밖에.)

건성으로 이야기를 듣고 휴대폰에 정신을 쏟는 사람. (내 거인 듯 내 거 아닌 내 거 같은 너?)

결국, 인간관계란 '시간'의 문제다. 누군가를 위해 기꺼이 나의 시간을 내어줄 수 있는가의 문제. 마음이 없으면, 일 분의 시간도 아깝다.

시간이 엇갈린다면, 마음이 엇갈린다는 뜻이다.

바다 건너 멀리 있는 것처럼, 시차가 발생한 것이다. 그 경고의 알람을 들어야 한다. 무음으로 바꾸고 안 들은 척하고 싶어도, 꺼버리고 싶어도.

그럼에도 그 알람을 차마 외면하지 못하는 순간이 있다. 바로 사랑에 빠졌을 때. 그땐 위험을 알리는 알람조차 달콤한 멜로디로 들려버리니까.

그는 바쁘고 애매모호한 남자였다.

주말'쯤' 보자, 다음 주'쯤' 볼까, 다음 달 초'쯤' 보면 되지 않나, 하면서 시간만 훅훅 보냈다. 나는 그의 애매한 약속에 기대어, 주말을 비우고, 다음 주를 비우고, 다음 달을 비웠다. 비워둔 시간은 무의미하게 사라졌다. 모든 시간을 언제 올지 모르는 그와의 데이트에 할당해두었고 그는 오지 않았으니 당연했다.

이별하면서, 나는 그가 다음 순서의 여자에게 얼마만큼의 시간을 할당할지 궁금했다. 그녀에게는 좀 더 넉넉한 시간을 할당해주었으면 좋으련만. 그녀와의 데이트는 정해진 약속 시간에 이루어지면 좋을 텐데. 또 다른 한 여자가 불안감에 휩싸여, 소중한 주말을 비우고 다음 주를 비우고 다음 달을 비우는 일은 없기를 진심으로 바랐다.

"갑자기 웬일이야?"

얼마 전, 난데없이 그에게서 전화가 걸려왔다. 소식이 끊긴 지 벌써 몇 년이 지났는데.

사람은 쉽게 변하지 않는다더니, 남의 시간에 구애받지 않는 건 여전했다. 몇 년의 공백이 무색하게 그는 어젯밤까지 규칙적인 연락을 나눈 사람처럼 천연덕스러웠다.

그의 근황을 듣다가 "그렇지, 넌 예전에도 그런 면들이 있었잖아" 했더니, 수화기 너머 멈칫하는 느낌이 전해져왔다.

'응? 왜 그러지?'

내가 뭐 실수한 거라도 있나 방금의 대화를 곱씹어보려던 찰나, 그의 목소리가 들렸다.

"누가 나에 대해 이야기해주는 거, 되게 오랜만이다."

그런 건가. 이 남자는 그동안 내내 자기를 제대로 봐주지 않는 사람들과 만나왔던 건가.

괜히 짠해졌다.

'넌 예전에도 자주 안쓰러운 마음이 들게 했었지. 그래서 내가 너에게 비교적 관대할 수 있었던 건지도 몰라.'

연락하고 지내자며 전화를 끊었지만 우리가 과연 그럴 수 있을까. 애인이었을 때도 만나기 힘들었던 사람인데, 한 번의 데이트를 위해 주말과 다음 주와 다음 달을 온통 비워두었어야 했던 사람인데. 고통스러운 불확실성 속에 나를 던져놓고 한 번도 건져주지 않았던…….

잊지 말자, 사람은 잘 변하지 않아.

그는 예나 지금이나 바쁘고 애매모호한 사람이다.

나를 좋아한다고 하면서도 내게 시간을 할애하지는 않는 사람.

반면 나는 선이 확실하게 그어지지 않으면 못내 괴로운 사람.

인정할 건 인정하자.

우린 맞지 않아.

그는 나를 사랑한 적이 없다.

그가 내게 자신의 시간을 기꺼이 내어주지 않았다는 것은 명명백백한 진실이므로. 지금 내가 망망대해 위에서 작은 나뭇조각 하나에 의지해 떠도는, 뼛속 깊이 외로운 신세라 해도 그 사실은 바뀌지 않을 것이다.

우리는, 단 한 번이라도, 같은 시간대에 속해 있었을까? 그런 적이 있기는 했을까?

자못 궁금해지는 요즘이다.

o

네 마음은 네 거니까
(내 마음이 내 거인 것처럼)

X

두려움을 덮기 위해

기획된 연애들이 있다.

비록 그 순간에는

알아채지 못한다 해도.

그가 보내는 신호가 심상치 않았다.

휴대폰 번호를 교환할 때였다. 아이폰을 꺼내 들고 숫자판을 띄운 뒤 번호를 불러달라고 말하자 그는 굳이 내 손을 겹쳐(!) 쥐고 직접(!) 숫자를 찍고 발신 버튼을 눌렀다. 그의 다른 손에 쥔 휴대폰이 울리자 들어 보이며 씩 웃기까지.

'어라? 이건 뭐지?'

처음부터 유달리 살가웠다. 슬그머니 옆에 와서 말을 붙였다. 부담스럽지 않게 친절할 줄 아는 남자였다.

"사는 게 쉽지 않네요."

지쳐 있던 나는 이렇게 말했던 것 같다. 아마 한숨도 내쉬었으리라. 그의 자연스러움이 단단했던 방어벽을 무너뜨린 것이다. 그의 반응은 예상 밖이어서 또한 놀라웠다. 그러니까……, 예상보다 훨씬 더 훌륭했다.

"당신이 잘 살고 있어서
사람들이 시기하는 거예요."

그때까지 들어본 어떤 위로보다도 섹시했다. 그리고,
그런 말을 할 줄 아는 남자라면…….
누군가를 좋아하는 데에는 3초면 충분하다고 했던가?
째깍째깍…….
내가 그에게 반한 것은 바로 그 순간이었다.

주고받은 문자를 모두 '캡처'했다. 자칭타칭 '썸남문자
해독전문가'인 친구에게 캡처한 문자를 보냈다. 그의 문
자 옆에 우리들의 주석이 주렁주렁 달리기 시작했다.

나는 '낙관주의'라는 무기를 쥐고, 웬만한 논문 한 편
정도는 너끈히 써낼 정도로 방대한 '썸'의 세계로 뛰어
든 것이다.

> 휴대폰 번호를 불러주면 되지
> 굳이 내 손을 잡을 건 뭐야?
> 무의식적인 스킨십 욕구?

> 확실해,
> 그 남자는 너한테 마음이 있는 거야.

잡기 싫은 손을 왜 잡어?

그렇겠지?

뭔가 미묘하게 느낌이 오긴 했어.

마지막 문자를 보낸 지 벌써 사흘이야.

의도가 뭘까?

바쁜가 보지. 그런 중에도

니 생각을 하고 있을 거야.

바쁘다고

문자 보낼 시간도 없나?

네가 먼저 문자를 보내!

그 남자한테 용기를 줘.

그럴까?

어쩜 내 문자를 기다리고 있는 건가?

당연하지.

이럴 때가 아니야. 당장 문자를 쏴!

~띠링~

이 문자는 뭐야?

너무 드라이한 거 아니야?

원래 무뚝뚝하다며.
남자들은 다 그래.
행간을 읽어!

그럴까? 그런 거겠지?
응? 응? 응?

행간을 (내 맘대로) 메우며, 그는 나의 (잠재적인) 애인
이 되었다. 그는 처음 그대로 친절하고 다정했다. 헷갈리
게도 말이다.

(한 템포씩 늦기는 했지만) 꼬박꼬박 답문자를 보내왔고,
그 안에는 (상상력을 조금만 발휘한다면) 기대를 부풀리는
말들—잘 자라거나 아프지 말라거나 조만간 보자거나—
이 포함되어 있었다. 다정한 그의 말투를 상상하며 반복
해서 읽었다. 문자 암송 대회라도 있었다면 달달달 외워
서 당당히 일등을 차지했으리라.

나는 그의 과감해지지 못하는 사정을 헤아리고자 했
다. 속 깊은 여자로서, 다그치지 않으려 했다. 그가 부담

감에 짓눌려 도망이라도 가버리면 어쩌란 말인가. 편안
하게 그가 마음을 열 수 있도록 능란하게 대처해야 했다.
(잠재적인) 애인으로서 나는 최선을 다했다.

사실, 우리 사이에는 아무런 변화도 일어나지 않았다.
행여 그의 연락을 놓칠세라 화장실에도 휴대폰을 들
고 가고 TV의 볼륨도 맘껏 올리지 못하는 긴장에 찬 나
날이 이어졌다. 우려에도 불구하고 나의 청력은 양호했
고, 그의 연락을 놓치는 일은 단 한 번도 발생하지 않
았다.
그저 그의 연락이 서서히 사라져갔을 뿐이다.
그의 연락만큼 내 마음이 서서히 사라지지 않는다는
사실이 안타까웠을 뿐.
품위를 잃지 않으려 애쓰면서 정성을 가득 들여 써 보
낸 긴 문자의 답을 오매불망 기다리던 어느 날, 나는 벼
락같은 진실과 마주치고 말았다. 아무것도 도착하지 않
은 문자창을 수도 없이 열었다 닫았다 하는 일은 더럽게
구차하고 부질없었다.

그는 나를 불안하게 만드는 사람이었다. "주말에 전화할게" 하고 나서 전화하지 않는 사람이었다. 먼저 문자를 보내지 않는 사람이었다. 장인의 정신을 담아 아름다운 문장으로 빚어낸 내 문자에 며칠이 지나도록 답하지 않는 사람이었다.

인정해야 했다. 우리의 대화창은 항상 내 톡으로 시작해서 내 톡으로 끝이 난다는 사실을.

그는 그저 심성이 곱고 습관이 다정한 사람일 뿐이었다. 모든 이에게 친절한 사람 말이다.

나는 그에게 여럿 중 하나일 뿐이었다. 나는 그에게 특별한 사람이 아니었다.

…… 그는 나에게 반하지 않았다.

지금 생각해보면 그때 그는 단순한 핑곗거리였다.

어떻게든 그를 좋아하고 싶었던 이유, 그의 말과 행동 하나하나를 특별한 신호로 해석하고 싶었던 이유는, 두려웠기 때문이다. 혼자라는 사실이, 곁에 아무도 없다는 사실이 두려웠다. 그래서 외로울까 봐, 너무 많이 외로울까 봐 겁이 났다.

연애다운 연애 하나 못 하는 매력 없는 여자처럼 보일
까 봐, 무례한 이들의 "거봐, 저러니 남자가 없지, 쯧쯧"
같은 '고나리질'을 당하게 될까 봐, 아니, 이제 남은 내
인생에 남자는 끝일까 봐, 마른 나뭇가지처럼 볼품없게
늙어가는 일만 남았을까 봐…….

그래서 성급히 (나 혼자) 사랑에 빠져버린 것이다.

이제 나는, '혼자 썸타는 일'을 그만두기로 한다.
네 마음은 네 거니까.
내 마음이 내 것이듯이.

두려움을 덮기 위해 기획된 연애들이 있다. '바로 당
신'이어서가 아니라, 혼자임이 두려워서 비상구로 도망
쳐버렸던 순간들. 그 문 밖에는 실망과 후회로 덮인 막다
른 계단만이 있었는데.

그것도 모르고 나는 몇 번이고 '비상구'라 적힌 초록
불 아래를 통과했던가.

。

**무엇보다
뜨거운 커피 한 잔을
마시는 것**

X

너무 버거워서

부서질 것 같을 때

나를 지켜주는 것은

무슨 대단한 대의명분이 아니다.

알람 없이 눈이 떠졌다. 침대 옆 창으로 이미 환한 아침 햇살이 눈부시게 쏟아지고 있었다. 머리맡에 늘 두는 휴대폰으로 시간을 확인하니 일곱 시 십이 분.

전기 포트에 물을 올렸다. 머그잔에 드리퍼를 올리고, 여과지를 깔고, 얼마 전 선물받은 베트남 커피를 크게 두 숟가락 넣었다. 언젠가부터 커피를 내릴 때 밥숟가락을 사용하게 되었다. 베트남 커피는 분말이 작아서 전용 드리퍼를 사용해야 한다는데 그렇게까지 구비하진 못했다.

확실히 다른 커피보다 드립하는 데 시간이 더 걸리고, 베트남 커피 특유의 단맛이 난다. 호불호가 갈릴 수 있겠지만, 내 입맛에는 나쁘지 않아 다행이었다. 꽉 찬 두 봉지의 커피를 다 마시려면 꽤 오랜 시간 이 개성 있는 맛을 즐겨야 할 테니까.

커피를 내리면서 식빵을 구웠다. 바삭한 모서리를 좋아해서 빵을 잘게 쪼개 토스트기에 넣었다. 그러면 노릇한 정도를 살짝 지나친 갈색으로 잘 구워진 빵이 튀어나왔다. 벌꿀이나 누텔라를 곁들일 때도 있었지만, 가장 즐기는 건 발사믹 식초를 뿌린 올리브유를 듬뿍 찍어 먹는 것이었다. 당연히 건강에 좋을 테고, 무엇보다 맛있으니까.

아침을 거르지 않는 습관은 오래되었다. 요즘에는 올리브유에 찍어 먹는 빵과 커피로 아침 식사를 하지만, 뭘 먹을지는 시기마다 다르다. 밥을 차려 먹기도 하고, 고구마를 먹기도 하고, 시리얼과 우유를 뚝딱하기도 하면서, 암튼 뭐라도 먹는다. 꼭 배가 고프지 않아도 자연스럽게 챙기게 되는데, 그래야 하루가 제대로 시작되는 것 같은 기분이 들어서다. 습관의 힘이다.

무엇을 먹더라도 절대 빠뜨릴 수 없는 것은 커피다. 맛과 향은 매일 다르겠지만 진하고 뜨거운 아침 커피 한 잔만큼은 꼭.

자극에 쉽게 반응하는 예민한 위장을 가졌고, 늦은 시간에 카페인을 섭취하면 잠을 못 이뤄 고생하는 주제에, 이 아침의 커피만큼은 도저히 포기할 수가 없다. 그래서 사시사철 (여름에도) 뜨겁게, 아침에만 딱 한 잔.

햇살을 더 가까이에서 받고 싶어 창가에 앉았다. 뜨거

운 커피를 몸속으로 흘려 넣었다. 안도했다. 익숙하고 다정한 위안이었다. 나의 아침은 여전하다는. 나는 이렇게 여전한 채, 또 하루를 시작한다는. 이 시간만큼은 진한 커피의 향과 고소한 빵의 맛으로 가득 채울 것이다. 어떤 것도 이 일상을 방해할 수는 없다.

풀어야 할 숙제가 많지만, 답을 못 찾고 몇 달째 표류 중인 프로젝트에 어깨가 무겁지만, 함께 일해야 할 동료가 불편하고 껄끄럽지만, 며칠 전 받은 이메일이 체한 것처럼 마음에 얹혀 있지만, 뭐 다 어떻게든 되지 않겠는가. 일단 나는 커피를 마시고 있으니까. 늘 그랬던 것처럼, 오늘처럼 내일 아침에도 내 커피에서는 다정한 맛이 날 테니까.

너무 버거워서 부서질 것 같을 때 나를 지켜주는 것은 대단한 대의명분이나 뼈를 깎는 노력처럼 거창한 무엇이 아니다. 나를 버티게 하는 것, 좋을 때나 나쁠 때나 한결 같이 내 삶을 유지하게 해주는 것은 바로 일상이다. 소소하지만 단단한 일상. 평일에도 휴일에도 아침을 꼬박꼬박 먹는 것, 무엇보다 뜨거운 커피 한 잔을 마시는 것.

○

오지랖과
공감의 사이에서

×

'이건 오지랖이야, 인정해.

그래도 말을 붙여보았더라면

어땠을까?'

영화를 보러 갔다. 상영까지 삼십여 분을 기다려야
했다.

피아노 한 대가 놓여 있었다. 복합 쇼핑몰 안에 위치한
영화관, 그 안에 피아노라니. 특이한 인테리어였다. 아무
리 생각해도 생뚱맞았다.

'극장과 피아노라니, 뭔가 이상하잖아.'

그때, 안경을 쓴 호리호리한 남자가 피아노를 향해 걸
어가는 것이 보였다. 남자는 겉옷을 곱게 접어서 피아노
위에 올려두고 스마트폰으로 악보를 열었다. 내가 앉은
벤치에서는 그의 뒷모습이 잘 보였다.

그의 손가락이 건반에 닿았다.

캐논 변주곡.

음악에 문외한인 내가 듣기에도 그리 훌륭한 연주는
아니었다. 남자는 틀린 부분을 반복해서 치기도 했다. 그
래도 라이브, 지금 이 순간의, 살아 있는 선율의 힘인가.

거칠어서, 도리어 직접적으로 마음에 꽂혔다. 피아노
소리 안에 진심이 느껴졌다.

'왜 그는 익명의 공간에서 홀로 피아노를 치고 있을까? 프러포즈를 할 예정인가? 혹은, 헤어진 연인을 그리워하는 걸까? 사랑을 시작했거나, 사랑을 끝낸 걸까?'

아니다. 그런 쪽은 아닌 것 같았다.

타인인 나는 끝내 알 수 없을 그의 진심이, 어느 순간 내 어깨를 툭 치는 것 같았다.

'이봐요, 당신도 알잖아요. 막막하고 두려운 순간을. 우린 모두 그런 복잡한 미로 안에서 헤맨 적이 있잖아요.'

'그렇죠, 그 비슷한 곳에 저도 갔던 적이 있었죠.'

나도 모르게 고개를 주억거렸다.

남자는 캐논 변주곡을 두 번 쳤다. 두 번째 연주라고 해서 첫 번째 연주보다 더 나을 것은 없었다.

그러나 나는 집중했다. 서툴렀지만 좋았다.

서툴러서 더 좋았던 것일 수도 있다.

누군가가 말을 붙여오는 것처럼. 전혀 모르는 사람이 머뭇거리며, "저, 죄송하지만 잠깐 얘기를 좀 나누어도 될까요?" 하는 것처럼(그랬다면 할 수 있는 최대한의 다정함으로 대화에 응했을 텐데). 풋풋하지만 진심이 담겨 있어서 좋았다.

연주를 마치자 그는 자리를 떴다.

'이게 끝이야?'

나는 벌떡 일어났다.

세기의 연주를 들은 것도 아닌데, 뭐가 이렇게 아쉬운지 한 번만 더 피아노를 쳐달라고 부탁하고 싶었다.

나는 몇 발자국 떼다가 멈췄다.

그는 서둘러 멀어지고 있었다. 바닥에 시선을 꽂은 채, 몸을 구부정하게 기울이고서, 도망치듯 빠른 걸음으로.

그가 피아노를 친 데에는 나름의 이유가 있었을 것이다. 연주한 곡이 캐논 변주곡인 데에도 그만의 이유가 있었을 것이다. 그의 두 번에도 두 번의 이유가 있었을 것이다. 굳이 말하고 싶지 않거나, 말해봤자 닿지 못하고 흩어질 이유가.

우연히 피아노 소리를 들었다는 이유만으로, "한 번 더 피아노를 쳐주실 수 있을까요? 연주가 너무 좋아서

요"라니……. 이건 오지랖이야. 인정한다. 내가 주제넘었다.

그렇게 영화관을 나오는데 빈 피아노가 이상하게 눈에 밟혔다.

며칠 뒤, 같은 영화를 한 번 더 보았다.

'같은 영화를 두 번 본 게 얼마 만이지.'

생각했다.

'맞다, 그 남자도 캐논을 두 번 연주했었어.'

오지랖이었어도, 그에게 말을 붙였으면 좋았을지도 모르겠다는 생각이 스쳤다.

말하지 않아도 알아봐주길 기다리는 마음도 있는 거니까. 진심이란 배척되기 쉽고, 늘 응원을 기다리니까.

다시 눈이 마주친다면 다가가 말 붙일 수 있는 사람.

그런 타인이 되고 싶다.

PART 2
언제나 막다른 곳에서
길은 다시

"떠나기만 하면 알게 될 거야"

○

그냥 다른 사람들을
따라가면 돼

×

"여어,

혼자서

잘 찾아왔네?"

그때 비행기를 처음 탔다.

거대한 쇳덩어리가 하늘을 난다는 사실이—촌스러
워 보일까 봐 아무에게도 말은 못했지만—신기했다. 선
배가 컴퓨터에 접속해서 이것저것 입력하더니 항공권을
구매해주었다.

"왜 하필 로스앤젤레스야?"

타닥, 컴퓨터 자판을 치며 선배가 물었다.

순간 멈칫했다.

"으음, 왜 그곳이냐면요, 왜 하필 로스앤젤레스냐면요."

…… 그곳에 그가 있기 때문에.

옛 남자친구가 로스앤젤레스에서 유학 중이었다. '옛'
이라는 글자를 꼭 붙여야 한다. 그 당시 이미 그와 나는
헤어진 상태였으니까.

탁, 선배의 손이 멈추었다.

"아니, 헤어진 애인을 만나러 바다 건너 그 멀리까지
간단 말이야?"

그것은 사실이었다. 그때까지 그는 나의 가장 친한 친

구였다.

나는 바다 건너의 그와 크고 작은 고민을 나누곤 했다. 그는 나의 구남친이었다는 장점(?)을 십분 이용하여 적당한 공감과 유용한 충고를 해주었다.

만나보면 애인보다 친구로서 더 좋은 사람이 있는데 그가 딱 그런 타입이었다. 그래서, 애인이 친구가 될 수 있는가, 라고 누군가 묻는다면, 나는 그렇다, 라고 자신 있게 대답해줄 수 있다. 나는 직접 그런 사이를 겪은 적이 있으므로.

아무튼, 첫 해외 여행지가 로스앤젤레스가 된 것은, 그가 보고 싶었기 때문이었다. 그가 너무나 편안한 말투로 "어어, 놀러 와. 재미있을 거야"라고 말해주었기 때문에.

한때 온종일 시간을 함께 보냈던, 나를 아주 잘 아는 그를 만나 긴 이야기를 나누고 싶었다. 그는 나와 잘 통했을 뿐만 아니라 말을 무척 재밌게 잘했다. 물론 그와의 수다(!)가 그리워서 미국까지 간다는 나를 아무도 이해하지는 못했지만.

그리하여 마침내 공항…….

그곳의 공기를 지금도 잊을 수 없다. 떠남과 도착을 알리는 안내 방송, 소리를 내며 바닥을 구르는 트렁크의 바퀴들, 분주한 발걸음, 긴장된 호흡, 나지막한 대화들, 엔진이 가동되고 비행기가 날아오르고……. 떠나는 사람들과 돌아오는 사람들이, 시작하는 사람들과 끝낸 사람들이 교차되고 섞이는 공간. 공항은 마치 다른 세계로 이어지는 통로 같았다.

비행기에 올랐다. 내 인생에서 가장 먼 길을 떠나는 여행의 시작이었다. 이코노미석은 비좁았고 또 몹시 추웠다. 비치된 얇은 담요를 둘러쓰고 오들오들 떨었다.

모든 것이 낯설었다. 낯설어서 불안했다. 그곳에 가면 그가 있을 거라는 사실만이 내 불안이 의지할 수 있는 유일한 것이었다. 그는 이 상황에서 내게 익숙한 단 하나였으니까.

"쉬워! 일단 비행기에서 내려. 그리고 공항 출구로 나와! 그럼 내가 보일 거야."

그는 그렇게 말했다.

"그냥 다른 사람들만 따라가면 돼."

나는 시킨 대로 했다. 사람들의 무리를 따라 비행기에서 내려서 그 행렬이 하는 양을 흉내 내면서 출구를 찾았다.

그리고, 빛이, 그러니까 그가 보였다.

조금 야위었지만 건강해 보였다. 뒤로 야자수가 보였다. 비현실적이었다.

"여어, 혼자서 잘 찾아왔네?"

익숙한 그의 목소리가 귓가에 울리자 그제야 현실감이 들었다.

여행은 즐거웠다. 원하던 대로 수다도 실컷 떨고, 같이 신나게 여기저기 싸돌아다녔다. 마음 잘 맞는 편한 친구가 얼마나 좋은지 새삼 느끼는 시간이었다.

그리고 돌아오는 비행기 안. 다시 혼자가 되었다.

또 혼자……. 자리를 찾아 앉자마자 갑자기 눈물이 터져 나왔다. 놀란 금발의 승무원이 다가와 물었다.

"Are you OK?"

괜찮은가? 잘 모르겠다. 다만 그 순간 비수처럼 꽂혀 들어온 외로움이 너무 차가워서 소스라쳤을 뿐. 겨우 눈물을 그쳤을 때, 비행기가 날아올랐다.

나는 그때 인생의 진리 하나를 깨달은 것 같다.

인간은 모두 혼자라는 것.
누구와도 영원히 함께할 수는 없다는 것.

나는 다만 한 개의 좌석을 차지할 수 있을 뿐이다.

그러니 미지의 세계가 두려워서 혼자 떠나지 못한다는 사람을 이해한다, 진심으로. 나도 그러했으니까. "공항 출구를 찾아 나오기만 해. 내가 기다리고 있을게"라고 말해주었던 그가 없었더라면 나도 첫발을 떼지 못했을 테니까.

그렇기에 더욱 말해주고 싶다. 첫 번째 발걸음을 뗄 수만 있다면 두 번째는 조금 더 쉬울 거라고. 누군가가 마중 나오는 일은 한 번으로 충분할 거라고. 혼자 도착한 당신은, 다른 세상을 살아가는 사람들을 볼 수 있을 거라고. 공항의 출구를, 햇살이 쏟아져 들어오는 그곳을 찾아낼 수만 있다면.

그리고 감히 나는 확신한다. 당신은 의외로 쉽게 그곳에 도달할 수 있다. 그저 여행을 시작하기만 하면.

ㅇ

믿을 건
나밖에 없지!

X

지금의 나는

이전의 나와 다르다.

나는 스스로 문제를

해결할 수 있으니까.

'이거 좀 심각한데.'

내가 생각해도 너무 예민하다 싶었다. 뭐 이렇게 짜증 나는 일이 많은지, 정말 별 게 다 짜증스러웠다. 엘리베이터 문이 막 닫히려 할 때 누가 급하게 뛰어들어와도 욱, 거리에서 길을 막으며 전단지를 나눠주는 것에도 울컥, 차가 막히는 도로에는 말할 것도 없이 부르르, 날이 흐리면 흐린 대로 맑으면 맑은 대로 '어우 날씨 왜 이따위지' 부글부글.

물론 그 모든 감정을 다 밖으로 표현할 수는 없었다. 그랬다가는 사회에서 퇴출당했을 것이다. 다행히 나는 문명사회에서 자란 성숙한 시민 의식을 연기해낼 수 있는 사회인이다.

짜증의 뒷면에는 분노와 우울이 있었다. 화가 솟구쳤다가 까라지면 우울이 덮쳐왔다. 감정의 파고를 억제하는 데 많은 에너지가 필요했다. 이른 저녁부터 나는 파김치가 되어 침대 위에 쓰러졌다. 꼼짝도 하기 싫은 무기력함. 잠을 아주 오래 자고 싶었다.

어쩌면 나는 꽤 오랫동안 서서히 지쳐왔는지도 모른다.

내 안에 무언가가 있는 게 분명했다. 지반 아래서 아직 용암으로 뿜어나오지 못한 마그마처럼, 해결되지 않은 거대한 감정의 덩어리가 끓고 있었다.

심리 상담을 받아보기로 했다. 무력감 때문이었을까, 솔직히 별다른 기대는 없었다. 그냥 뭐라도 해야 하지 않을까, 나를 구제하려는 시늉이라도 한번 해볼까 하는 마음으로 상담실을 찾았다.

상담실은 작았다. 책상 하나를 사이에 두고 선생님과 내가 마주 앉으면 꽉 찼다. 나는 그 소박한 곳이 좋았다. 이곳에서라면 무슨 말을 해도 용납이 될 것 같았다. 선생님의 시작하는 말은 항상 똑같았다.

"오늘 어떻게 지냈어요?"

일단 말문이 트이면, 시간은 쏜살같이 흘러갔다. 이렇게 할 말이 많았나 싶었다. 그때 내게 거슬리던 친구가 있었다.

"걔가 그런 식으로 말하는 게 싫어요. 말투만 들어도 짜증나요. 생각해보니 걔는 옛날부터 배려심이 없었네요. 보자마자 화가 났어요."

간간이 질문이 돌아왔다.

"어떻게 기분이 나빴어요? 구체적으로 무슨 표현이 거슬렸나요? 언제부터 그렇게 느꼈어요?"

그러다 보면 매번, 놀랍게도, '나 자신'으로 끝이 났다. 어떤 화두도 마찬가지였다.

"아침에 이런 장면을 보았어요"로 시작해도, "오늘은 별일 없었는데"로 시작해도, 결국에는 내 안에 있는 어떤 기억으로 귀결되었다.

홀린 듯 내 안을 탐험하는 기분이었다.

'내 안에 이런 게 있었나…….'

거절당한 소녀가, 무심한 사람들에게 상처받은 어린아이가 있었다. 거슬리던 친구는 그 기억에 대한 투사였다. 나는, 어린 시절 나를 무심히 지나쳤던 바로 그 어른이 되어 있었다.

나를 돌봐야 하는 사람은 나였다.

나를 이해해야 하는 사람은 나였다.

그런데, 누구보다도 나 자신을 배려하지 않았던 사람

은 바로 나였다.

누구보다도 나를 가혹하게 평가했던 사람도 나였다.

"제 안에 있었네요, 전부 다. 모든 감정의 원인이 제 안에 있었네요."

반복적으로 소환되던 기억이 또 불려나오는 순간이었다. 한숨이 토해졌다.

걸었다. 밤의 도시를, 휘적휘적 걸어서, 돌아갔다, 집으로.

그 밤의 공기는 명료했다. 나는 이제 좀 더 정확하게 살 수 있겠구나, 그런 생각을 했다. 적어도 내 감정이 어디서 비롯되는지 알고 있으니까. 들어맞지 않는 아귀를 뭉개면서 대충 끼워 맞추지 않고, 있어야 할 곳에 감정을 제대로 위치시키며, 자극에 보다 적절하게 반응하면서 그렇게 살 수 있겠구나 싶었다.

섬세한 차이를, 미묘한 오해를, 무시하지 않고서.

걷는 길의 풍경이 달라진 것 같았다.

내겐 동행이 있었다.

…… 바로 나.

그러니까, 믿을 건 나밖에 없는 거였다.
나의 가장 믿음직한 파트너는 바로 나였으니까.

그러니 지금의 나는 이전의 나와는 다르다. 이제부터 내 안의 문제를 밖에서 해결하려고 하지는 않을 거니까.

나는 스스로 문제를 해결할 수 있으니까.

어쩌면 그동안 나는, 내게 벌어진 모든 일들이 내 책임이라는 사실을 받아들이기 싫었는지도 모른다. 진실은, 모든 것은 내 안에 있다는 것. 내가 허락하지 않는 한 어느 누구도 내게 상처를 줄 수 없다는 것. 그러므로 내 아픔은 내가 치유할 수 있다는 것. 내가 치료해야만 한다는 것. 나는 언제라도 내 상처에 약을 발라줄 유일한 사람이자, 나와 함께 울어주고 내 손을 잡아줄 최선의 친구였다.

이제 나는 언제라도 내 안으로 여행을 떠날 수 있다.

그 방법을 배웠다. 세상에서 가장 복잡하고 사랑스러

운 세계인 나 자신에게로 떠나는 여행법을.

언제나 가장 큰 미스터리이고 가장 어려운 수수께끼인 나 자신을 들여다볼 수 있다. 가장 친한 친구이자 절대 나를 배신하지 않을 애인 같은 존재로서 나 자신이 항상 곁에 있다.

앞으로 조금은 덜 외로워도 되겠다.

타인의 위로에 매달리지 않아도 되겠다.

나랑 더 친해지고, 나를 더 믿고, 나랑 잘 해나가면 되겠다. 문제가 있다면 나랑 잘 풀어가면 되겠다.

'오오, 엄청 든든한걸!' 하는 마음이 들었다.

그렇게, 우리는 언제라도 여행을 떠날 수 있다.

당신은 늘 당신과 함께 있으므로.

당신 자신은 이미 멋진 세상이므로.

덧붙임 힘든 상황을 이겨내고자 할 때, 친구나 연인의 위로보다 전문가의 조언이 훨씬 더 도움이 될 때가 있는 것 같다. 뒤늦게 심리 상담을 받고 나서 깨달은 교훈 :)

ㅇ

자야 해,
너

x

정말 나에게
필요한 것이
잠이었나.
단지 잠이었나.

연이은 촬영과 편집으로 켜켜이 쌓인 피로가 나를 짓 누르고 있었다.

〈이러다 죽겠어!〉

친구에게 문자를 보냈더니, 평소 토끼처럼 순한 그녀 답지 않게 단호한 답이 날아왔다.

〈당장 자. 자야 해, 너.〉

겨우 두어 시간 틈을 타서, 링거를 맞으러 병원에 갔 다. 바삭하고 차가운 침대에 누웠다. 바늘이 혈관에 꽂히 고, 약물이 관을 타고 흘러들어왔다. 차가운 약물이 피에 섞이는 순간 소름이 돋았지만 동시에 스르르 잠이 왔다.

악에 받쳐서 버티는 날들이었다.

내일 촬영을 나가야 하니까. 오늘 밤까지 예고를 만들 어야 하니까. 새벽까지 편집 상황을 확인해야 하니까. 그 러니까 나는, 죽을 것 같다고 징징대면서도 절대 죽어서 는 안 되었다. 왜냐하면,

방송이 '빵꾸가 나면' 안 되었으므로.

살아야 했다. 수면은 절대적으로 부족하고, 스트레스

는 한계치까지 치솟고, 만성적인 소화불량에 시달리고, 변비 때문에 얼굴이 뒤집어질지라도, 나는 죽어서는 안 되었다.

'드라마'는 신(神)이었다. 한계를 넘나드는 노동 강도를 정당화시키는 마법의 단어였다.

창으로 비쳐드는 스페인의 화창한 햇살은 오래된 호텔 방 안을 더 우중충하게 만들고 있었다. 방 가운데 선 나는 구겨진 종이처럼 엉망이었다.

결국 마드리드, 이 먼 곳까지 오고 말았다.

온 몸의 힘을 다 짜내어 드라마를 마감하고 바로 떠나온 탓인지 피로와 몸살 기운이 달려들었다. 혈관으로 링거액이 타고 들어오던 순간처럼, 거대한 잠의 쓰나미가 몰려왔다.

짐도 풀지 않고 침대 속으로 기어 들어갔다. 스스로가 너무 한심했다. 돈 들이고 시간 들여서 여기까지 왔으면, 미술관도 가고 유적지도 가고 유명하다는 식당도 가보고 그래야 하는 거 아니야? 그런데 잠이라니. 이 금쪽같은 시간에 잠이라니!

한국에서도 얼마든지 잘 수 있는 잠을, 여기까지 와서, 잠이라니.

마음속에서 질책이 울려왔지만, 도저히 기운이 나지 않았다. 문밖에 '방해하지 마세요(Please, don't disturb me)'를 걸어두고서 순식간에 혼곤한 잠 속으로 빠져들었다.

얼마나 잤을까, 눈이 떠졌다. 샌드위치로 간단히 요기를 하고 창가에 앉았다. 흰 나무로 만들어진 창틀은 양반다리를 하고 올라앉아도 충분할 정도로 넓었다.

나가기는 싫었지만 이렇게라도 밖을 보고 싶었다. 창밖 풍경은 그닥이었다. 그냥 아주 일상적인 도시의 거리. 크고, 무심하고, 복잡하게 흐르는 익명성으로 가득한 공간. 그래도 이곳은 나의 일상 밖이었다. 그 사실이 묘하게 힘을 주었다.

…… 그렇게 오래도록 앉아 있었다.

눈 아래 밟히는 낯선 도시의 거리를 지켜보면서.

그냥 멍하니, 날이 저물 때까지.

건너편 건물 옥상으로 한 남자가 걸어나오는 것이 보였다. 삼십 대 초반 정도 될까? 갈색 머리칼에 키가 큰 남자였다.

창틀에 앉아 가만히 그 남자가 하는 양을 지켜보았다. 남자는 담배를 피우며 서성였다.

'무슨 고민거리가 있는 걸까?'

전혀 모르는 그의 일상을 그려보았다.

'무슨 일을 할까. 애인은 있을까. 집 안에서는 어떤 모습일까. 눈앞에 닥친 가장 큰일은 무엇일까……'

쓸모없는 상상. 무의미한 사고의 흐름.

이윽고 그는 사라졌다. 하늘 저편이 이미 붉어지고 있었다. 마드리드의 밤이었다.

다시 침대로 돌아갔다. 이번에는 꿈도 꾸지 않고 내리 잤다.

그리고 다음 날 아침, 눈을 떴을 때 몸이 가뿐해진 것을 느꼈다. 몸살 기운이 사라졌다.

정말 나에게 필요한 것이 잠이었나. 단지 잠이었나.

어제 무리해서 관광을 하지 않기를 잘했다는 생각이 들었다.

눈을 뜬 채로 침대 안에서 한참을 빈둥거렸다.

나는 혼자니까. 나는 자유니까. 이 시간은 내 거니까.

조금 있으니 맹렬하게 식욕이 동했다. 운동화를 꿰어 신고 조식을 먹으러 레스토랑으로 내려갔다. 유니폼을 입은 웨이트리스가 다가와 생긋 웃으며 커피를 따라주었다.

뜨거운 커피와 함께 빵을 씹었다. 든든하게 먹어야 했다. 환한 바깥으로 나가야 할 테니까. 무엇과도 바꿀 수 없는 소중한 하루가 시작되었으니까.

너무 바쁘게 산다는 생각이 들 때가 있다. 앞만 보고 달리는 경주마처럼, 왜 달리는지도 모른 채, 몸이 부서지는 것도 모른 채, 그저 앞서야 한다는 강박만으로 뛰고 있는 것 같을 때가 있다. 그럴 때마다 나는 친절한 친구의 문자를 떠올린다. 오래전 2G폰에 박혀 있는 그 말.

〈자야 해, 너.〉

우리에겐 쉼이 필요하다. 오직 쉼을 위한 쉼, 완전한 무위의 시간.

마드리드의 옥상을 서성이던 그 남자가 때때로 떠오른다. 시간이 많이 흘렀으니 그도 많이 달라졌을 것이다. 왠지 담배는 끊었을 것 같다. 요즘엔 금연이 대세니까. 그때 그의 고민이 뭐였는지, 아마 그 자신도 기억하지 못할 것이다. 대부분의 걱정거리는, 몇 년, 아니 몇 달만 지나도 기억 속에서 깨끗이 지워진다. 그리고 새로운 걱정이 자리를 메운다. 나 역시 마드리드에서 나를 짓눌렀던 걱정거리들이 뭐였는지 까맣게 잊었다.

다만 그 남자의 머리 위에서 빨갛게 물들어가던 스페인의 하늘이 손에 닿을 듯 가깝던 것을 기억한다. 다음 날 아침의 가뿐함도 기억한다. 아무것도 하지 않은 하루가 주었던 회복의 감각이었다.

'자야 돼. 자도 돼. 아무것도 안 해도 돼. 해도 돼. 뭘 해도 돼. 나는, 자유야.'

쉼의 시간은, 잘 살아가기 위해서, 정말이지 절대적으로, 필요하다. 그리고 알게 될 것이다. 오래 깊이 잠들어도, 내내 심장은 계속 뛰고 있다는 사실을. 그렇게 쉼은 우리의 심장을 더욱 세차게 뛰게 할 수 있다는 것을.

어쨌든 삶은 멈추지 않는다는 사실을.

ㅇ

라스베이거스를
떠나며

×

'아무려면 어때,

지금 이렇게

살아 있잖아.

그럼 됐잖아.'

옛 남자친구는 사막을 가로지르면 라스베이거스에 갈
수 있다고 했다. 비행기를 탈 돈은 없었다. 돈보다 시간
이 많던 시절이었다.

그의 차는 헐값에 산 빨간 마쓰다였다.

"로스앤젤레스는 차가 없으면 살 수 없는 도시야. 차
는 엔진이지. 엔진만 멀쩡하다면 차는 움직여."

으쓱거리는 그가 귀여웠다.

싸구려 식빵과 치즈로 샌드위치를 만들었다. 지도를
무기처럼 끼고서 출발했다. 사막 가운데 세워진 인공의
불빛, 그 화려한 쓸쓸함을 향하여.

나는 조수석에 앉아 창밖으로 흐르는 사막을 바라보
았다. 왠지 먹먹한 풍경이었다. 한참을 달리는데 갑자기
그가 차를 세웠다. 당혹스러운 얼굴이었다.

라디에이터가 문제였다. 냉각수를 부었지만 소용이 없
었다. 어디선가 새고 있는 게 분명했다.

그런데…… 이상했다. 전혀 무섭지가 않았다. 개미 한
마리 보이지 않는, 인적 없는 사막의 한가운데에서, 망가

진 차를 달래가면서 멈춰 있는데도.

  퍽퍽한 샌드위치를 나눠먹었다. 그는 차를 살핀 후 지
도를 들여다보았다. 나는 차 문을 열고 앉아 가져간 책장
을 넘겼다. 햇볕은 뜨거웠지만 건조해서 견딜 만했다. 이
것도 추억이 될 거라며 장난스레 기념사진을 찍었다. 풀
도 죽지 않고 농담을 하며 낄낄거렸다.
  함께 봤던 영화 이야기를 했다. 알코올중독자와 창녀
의 러브스토리, 〈라스베이거스를 떠나며〉. 영화 속에서
라스베이거스는 아름다워서 죽고 싶은 곳, 도망칠 수도
숨을 수도 없는 곳, 멋대로 해버려도 되는 곳, 실패한 사
랑이 이루어지는 곳이었다.

  문득 생각했다.
  '이렇게 지금 사막 속으로 사라진다면 아무에게도 발
견되지 못할 수도 있어. 그냥 이렇게 죽을 수도 있는 거
라고.'
  생의 마지막이 여기라는 것도, 함께 있는 사람이 그라

는 것도 나쁘지 않게 여겨졌다. 그는 늘 농담처럼 살고 싶어 했고, 나는 그에게서 냉소를 배웠으니까. 우리에게 어울리는 꽤 극적인 엔딩이라 생각했다. '지금 이 순간' 이 그렇게 명료하게 느껴진 건 처음이었다. 후회스러운 과거도, 불안한 미래도 다 내려놓고, 오롯이 '현재'만 존재하는 시간……

작열하던 태양, 빨간 마쓰다, 사막의 모래, 넘기던 책장, 싸구려 식빵의 까끌거리던 감촉, 장난기로 빛나던 눈, 웃음소리…… 그것으로 충분했다, 무엇도 더 필요하지 않고 아무도 부럽지 않았다. 평화롭고 충만했던 기억이다.

'아무려면 어때, 지금 이렇게 살아 있잖아. 그럼 됐잖아.'

그런 마음.

에어컨도 켤 수 없는 망가진 자동차로 엉금엉금 사막을 건넜다. 삼십 분을 달리면 십 분을 쉬어야 했다. 조금이라도 무리할라치면 계기판의 눈금이 무섭게 치솟았다. 냉각수는 붓는 대로 새어나갔다. 달리고 달려도 모래언

덕만이 보이던 기나긴 시간. 그 사이에서 우리는 아주 많은 이야기를 나누었다. 친밀하고, 따뜻했다.

시간이 얼마나 흘렀을까, 마침내 저 멀리 라스베이거스의 불빛이 보이자 아쉬운 기분마저 들었다. 좋았는데, 삼십 분 이상을 달릴 수 없어서, 느려야만 나아갈 수 있는 역설적인 상황도, 미래를 궁리하지 않고 지금 이 순간만 생각하며 농담을 주고받았던 것도, 좋았는데. 처음으로 경험한 '내려놓음'의 평화도, 아, 좋았는데, 좋았는데.

올여름은 엉망진창이었다. 뜻대로 풀리지 않은 과거와 계획대로 되지 않을 미래, 걱정을 해봤자 바뀌지 않을 것들을 걱정하고 있었다. 그러다가 우연히, 사진 한 장을 발견했다.

광활한 황야 위 빨간 마쓰다가 세워져 있다. 차 문을 다 열어두고 우리는 쉬고 있다. 환하다. 내게 이런 얼굴이 있었나, 낯설어 자세히 들여다봤다.

…… 세상에, 저 때 나는 정말 행복했구나.

'꼭 어디로 가야 하는 건 아냐, 지금 여기에 내가 있잖

158

아. 그걸로 충분하잖아.'

　사진 속 내가 말을 건네왔다. 뜨겁고 건조했던 사막의
바람이 귓가에 훅, 하고 불어왔다.

○

언제나
끝났다고 생각한 곳에서
길은 다시

x

한바탕 헤매고 나면

어느새 나는

처음 가고자 했던

바로 그곳에 서 있었다.

조기 종영.

방송가에서 일하는 사람이라면 이 단어가 얼마나 끔찍한지 알 것이다. 이야기를 제대로 끝맺을 수 없다는 것, 드라마가 애초의 온전함을 가질 수 없게 된다는 것. 일종의 강제 종료.

24부작이었던 드라마는 19부로 막을 내렸다. (19부작 드라마를 들어본 적이 있는가? 19라는 숫자가 결정 나기까지 얼마나 시끌벅적한 우여곡절이 있었는지!) 〈19회〉 대신 〈마지막 회〉를 자막에 넣으면서 나는 슬퍼서 죽을 지경이었다. 왜냐면 나는 정말로 그 드라마를 너무너무 좋아했기 때문이다.

그 당시 나는 조연출에 불과(!)했는데 그 사실이 나를 더 힘들게 했다.

"조연출 주제에 작업 중인 드라마를 너무 사랑하고 말았다지?"

"아니, 조연출이 드라마의 조기 종영을 괴로워한다고요? 조연출이요? 왜요?"

"어이구, 나중에 참~ 사랑 넘치는 대~단한 연출이 되

161

겠네요."

이런 비웃음 섞인 대화가 들리는 것 같았다.

'일개 조연출 나부랭이'인 나는 상황에 대해 아무런 통제권이 없었고, 심지어 '오버하지 말라'는 주변의 시선에 눈치가 보여서 마음껏 괴로워할 수조차 없었다.

〈그동안 사랑해주신 시청자 여러분께 감사드립니다.〉

마지막 화면에 자막이 올라가는 것을 보고, 불쌍한 나를 연민하며 휴가를 냈다. '조기 종영'이라는 단어를 알아듣지 못하는 먼 외국에서 홀로 나의 조기 종영을 실컷 애도하는 것이 여행의 목적이었다.

기차에서 내린 곳은 피렌체였다. 바로 앞을 자전거를 탄 준세이가 지나갈 것만 같았다. 그렇다, 〈냉정과 열정 사이〉의 도시, 아오이와 준세이가 재회한 곳!

여기서라면 없던 사랑도 생겨나고 망가진 사랑도 회복될까. 피렌체에서는 그런 말도 안 되는 일이 가능할까. 아오이와 준세이처럼.

그리고, 그 유명한 두오모.

피렌체의 상징 같은 곳. 축복처럼 아름다운 성당이었다.

그 안에서 한참을 머무르다가, 옆에 있는 조토의 종탑에 올라가기로 했다. 꼭대기까지 414개의 계단을 올라야 하는데, 정상에 서면 피렌체의 전경이 한눈에 들어온다고 했다.

414개의 계단…….

그 구체적인 숫자가 마음을 끌었다. 숫자를 세어가며 계단을 오르기 시작했다. 올라가는 사람들과 내려오는 사람들의 줄이 한 줄로 나란한, 좁고 가파른 계단이었다. 쉬어갈 공간도 없어서 모두와 페이스를 맞춰가면서, 무릎을 짚어가면서, 숨을 몰아쉬면서, 한 발 한 발 올라가야 했다.

마지막 계단을 밟고 나면, '무언가'가 있을까?

마침내, 종탑의 끝에 닿으니 눈앞에 너무나 아름다운 도시가 예술 작품처럼 빛나고 있었다.

사람들과 더불어, 그 풍경을 한참 보았다.

여기에 서고 나서야 비로소, 사람들에게 떠밀리듯 올

랐던 414개의 계단의 의미를 깨달았다. 다 오르기 전까지는 끝의 모습을 볼 수 없기에, 구체적인 풍경은 다 오른 자에게만 주어지는 선물이었다.

길치인 나는 자주 헤맸다.

골목들은 다 비슷했다. 읽을 수 없는 간판을 올려다보며, 지도를 수도 없이 들여다보며 길을 찾았다. 열심히 걷다가 "여기가 아닌가 보군"하며 지도를 뒤집어보고 돌려보고 하다가 내가 정반대의 출구로 나왔다는 사실을 알게 되기도 했다.

한바탕 헤매고 나면 어느새 나는 처음 가고자 했던 바로 그곳에 서 있었다. 다행히 피렌체의 어디에서도 두오모가 보였기 때문이다. 여기가 어디지 싶을 때 고개를 들어보면, 이정표처럼 두오모의 붉은 지붕이 보였다.

그래서 아직은 가지 못했지만, 새로 방향을 잡으면, 조금만 더 걸으면 그곳에 도착할 수 있을 거라고 자연스럽게 믿을 수 있었다. 그 마음이 나를 대범하게 만들었다. 두려움 없이 낯선 골목에 들어서고 모르는 사람에게 말

걸 수 있도록.

"가야 할 곳이라면 결국에는 오게 된다."

이 말을 의지하며, 꿋꿋이 걸어나갔다. 헤맬지라도 다리가 후들거리고 땀이 흐를지라도. 비슷하고 닮은 길을 돌고 돌아서, 낯선 글자로 쓰인 간판들을 읽어내려 애쓰면서. 암호 같은 지도를 보고 또 본 끝에 결국, 그곳에 도착할 수 있었다.

그러니 무엇도 포기하기엔 이르다. 끝난 것은 아직 아무것도 없으니까. 지금의 드라마는 비록 일찍 문을 닫았지만, 새로운 드라마는 또 시작될 것이다. 좋아하는 시구절처럼, "언제나 끝났다고 생각한 곳에서 길은 다시 시작되는" 법이니까. 지금이 조기 종영이라면, 다음의 시작은 조금 더 빠를 수도 있지 않겠는가.

연인처럼 사랑했던 한 드라마는 떠나갔지만, 새로운 사랑이 찾아오고 있었다. 머지않은 시간에, 나는 또 사랑에 빠질 것이다. 그런 예감이 들었다. 알 수 있었다. 그렇게 되어 있어. 그렇게 되어 있는 거야.

결국 나는 가야 할 곳에 도착하게 될 테니까.

곁에는 두 명의 친구가 동행할 것이다.

헤매는 길 가운데서 모두 한 번쯤 마주쳤을 그 친구들의 이름은 우연과 행운이다.

우연과 행운을 벗 삼아서, 그저 걸어가기만 하면 된다. 막막하고 지친 어느 순간, 고개를 들어 보기만 하면 두 오모가 이정표가 되어 길을 알려줄 테니까. 다정하고 우직하게, 한결같이 그 자리에서. 그저 걸어간다면, 고개를 들어 보기만 한다면.

o

다짜고짜 바다를
보러 가자니

X

"그런 얘기
웃으면서 하지 마.
너, 아무렇지도 않은 게
아니잖아!"

"바다 보러 가자!"

처음 그가 내 마음속에 들어온 것은 이 말 때문이었다. 친하게 지내던 녀석이긴 했다. 책을 많이 읽고 주변 사람들에게 잘하는 편이어서, '어어, 이 자식, 꽤 괜찮은걸?' 생각했다. 그렇다고 '그와 잘해봐야지, 내 애인으로 만들어야지(이글이글)', 이런 것까지는 아니었다. 그는 뭐랄까, 좀 건전한 타입이어서, 불시에 마음을 흔들어버리는 마성의 매력을 가진 옴므파탈과는 거리가 멀었다.

그런 녀석이, 바다에 가잔다. 영화 보자도 아니고, 술 먹자도 아니고, 밥 먹자도 아니고, 다짜고짜 바다를 보러 가자고.

"데리러 갈게."

그리고 아침에 나타난 그가 몰고 온 차가 눈부시게 흰 벤츠 E350 카브리올레여서 의외네 했다. 평소에 워낙 소박하게 하고 다니던 사람이어서.

"다른 건 모르겠는데, 이상하게 차는 좋은 걸 타고 싶어."

그는 심상하게 말했고, 나는 "너, 이 차 훔친 건 아니지?"라며 농담을 했다(인정한다. 재미없는 농담이었다).

"어디 갈까?"

"가장 가까운 바다는 인천이지!"

하늘이 꾸물꾸물 흐렸다. 비도 조금 내렸다. 봄이었는데, 꽤 쌀쌀했다.

"다 왔다!"

산뜻하게 말하고 차에서 내린 그가 춥다며 내 옷깃을 여며주었다.

'어라? 이 자식 좀 멋있잖아?'

바다는 회색이었다. 하늘과 바다의 경계선이 흐렸다. 그가 신고 있던 낡은 갈색 워커가 눈에 들어왔다.

'얘가 이런 신발을 신고 다녔었나……'

"심란할 때 종종 바다에 와. 그러면 마음이 편해지거든."

그날 나는 그에 대해 많이 알았다. 그는 본래 과묵한 편이었는데, 그날따라 말이 많았다. 나는 중간에 참지 못하고 화를 내버렸다. 아픈 과거를 너무 편안하게, 마치

제삼자처럼 말하는 그에게.

"그런 얘기 웃으면서 하지 마! 너, 아무렇지도 않은 게 아니잖아!"

그가 눈을 동그랗게 뜨고 나를 보았다.

"그렇게 말하는 사람, 처음이야. 감동받았어."

이어지는 그의 밝은 목소리. 왜 이 사람은 매번 아무렇지도 않은 척하는 걸까.

나는 내가 그의 '아무렇지도 않은 척'의 장막 뒤를 보고 있다고 믿었다. 그만큼 우리 사이가 특별해졌다고.

"춥다, 가자."

"날씨 좋을 때 왔으면 더 좋았을 걸!"

아쉬운 듯 그가 말했다.

"파란 바다는 진짜 이쁜데. 오늘은 회색이다, 그치?"

잿빛 바다 앞에서 나는 우리가 아주 많이 친해진 줄 알았다. 우리가 오래오래 함께일 줄 알았다. 우리 사이의 거리가 한층 좁혀졌다고 믿었다.

그러나 예상과 달리 우리는 오래 가지 못했다.

오래 가지 못했을 뿐 아니라 깊게 뛰어들지도 못했다.

아주 짧은, 연애라 이름 붙이기도 무색할 시간을 통과해서, 이제 서로에게 아무것도 아닌 존재가 되었다.

가끔 그의 기억을 소환한다. 내 마음속 아픈 손가락이었던 그 사람, 풀지 못한 매듭이었던 그 사람, 먼저 손을 내밀고서 다시 그 손을 거두어간, 그래서 오직 미스터리로만 남은 그 사람이 때때로 바다와 함께 떠오른다.

말해줄 수 있다면 좋을 텐데.

이제 나도 심란할 때 바다에 오는 사람, 바다 앞에 서면 마음이 편해지는 사람이 되었다고.

당신처럼 괜찮은 남자가 나를 좋아해줬다는 사실이, 당시 바닥을 쳤던 자존심을 달래주었다고. 내 마음 가득 따뜻함을 주었다고. 그래서 고맙다고.

그가 내게 해준 것들, 뭐라고 부른다 해도, 결국 그 이름은 사랑일 것이다. 그 시간이 짧았다는 사실이, 그 마음의 의미까지 퇴색시키지는 못할 것이다.

그 무엇도, 그 순간의 찬란함만큼은 없던 일로 만들지 못하는 거니까.

o

나라를 구한
세상 멋진 원샷

X

로텐부르크는,

그 남자를 닮았다.

이 도시에서 그는

계속 나와 함께 있었다.

작은 중앙역에 내려 뢰더 문(Rödertor)을 통과하니 동화 속 그림 같은 마을이 나타났다. 중세의 흔적이 많이 남아 있다고 해서 '중세의 보석'이라 불리는 로텐부르크다. 독일 남동부 바이에른 주에 위치한 아주 작은 도시인데, 정식 명칭은 로텐부르크 옵 데어 타우버, 즉 타우버 강 위의 로텐부르크다.

시청사가 있는 마르크트 광장에는 그 유명한 '마이스터트룽크(Meistertrunk)'가 있다. 마이스터트룽크는 벽시계 인형인데, 오전 열한 시부터 오후 다섯 시까지 매시 정각마다 볼 수 있다.

마이스터트룽크의 연원은 무척 귀엽다. 30년 전쟁 당시 신교도 편에 섰던 로텐부르크 지역이 구교도인 틸리 장군의 군대에 정복당했을 때, 도시가 불타고 신교도들이 학살당할 위기 앞에서, 틸리 장군은 느슈 시장에게 포도주 한 통(3.25리터라고 한다)을 단숨에 마시면 명령을 철회하겠다고 했다. 그리고 느슈 시장은 정말로 그 제안을 받아들여 포도주 한 통을 원샷해서 시를 구해냈다. 그는 이렇게 시를 구한 뒤 인사불성이 되어 사흘 밤낮을 잠만 잤다고 전해진다.

'위대한 들이킴'이라는 뜻의 마이스터트룽크는 이 이야기를 재현하고 있다. 매시 정각이 되면 틸리 장군과 느슈 시장의 인형이 건물 벽에서 튀어나와 술을 마신다! 지금도 로텐부르크에서는 매년 마이스터트룽크 축제를 열어 이 멋진 원샷을 기념하고 있다고 한다.

나는 매일 마르크트 광장에서 마이스터트룽크를 기다렸다.

도시와 시민을 포도주를 원샷해서 구할 수 있다니, 물론 3리터가 넘는 술을 '원샷'하는 일은 결코 쉬운 건 아니지만, 낭만적이지 않은가. 그래, 술로 세상을 구하는 것도 가능하다. 세상에 일어나서는 안 될 일이 뭐란 말인가.

정각이 되어 인형이 나타나 술을 마신 뒤 사라지면 근처를 배회했다. 장난감 박물관에 가고, 비슷한 거리를 걷고, 슈니발렌을 사 먹기도 했다. 초콜렛 등을 입힌 어른 주먹만 한 과자인 슈니발렌은, 단단하고 커서 한꺼번에다 먹는 것은 내게 불가능했다. 또 다음 시계가 정각을 가리킬 무렵이면 다시 광장으로 돌아와, 포도주를 원샷하는 시장을 보고 슈니발렌을 한 조각 베어물기를 반복했다.

그때 내 곁엔 술을 잘 마시는 한 남자가 있었다. 나는 그가 소주를 원샷하는 것을 수도 없이 많이 보았다. 그의 목울대가 움직이는 모습이 섹시했다. 누군가에게 반하는 순간은 아마 그런 것이리라. 소주를 삼키는 목울대에 심장이 쿵 내려앉는, 이성으로는 도저히 설명할 수 없는 어떤 것.

그는 내 인생 최초의 주당이었고, 무척 사랑스러운 술꾼이었다. 정확한 이유는 알 수 없지만, 나는 늘 그가 '왠지 좀 대단하다'고 생각했다.

로텐부르크는…… 그 남자를 닮았다. 이 도시에서 그는 계속 나와 함께 있었다. 씨익, 웃으며 쓰윽, 로텐부르크가 어느새 내 곁에 와 있던 것처럼.

버스가 움직이기 시작하려는데 갑자기 그가 내 옆에 뛰어와 앉았다.

"데려다줄게."

씨익, 웃는다.

"너 생일이잖아, 조금 지나긴 했지만" 하고 덧붙이는 그에게서 옅은 술 냄새가 풍겨왔다.

그때까지 우리는 엇갈리고 꼬이기만 했었다. 좋아서 서운하고 기대해서 화나는 상황들이 반복되었다. 나는 그것을 '우리는 안 돼'의 증거로 읽었고, 진작에 마음을 접겠다고 결론을 낸 상태였다.

그런데 마음을 접기는 개뿔. 그가 옆에 와 앉는 순간 심장이 고장 난 것처럼 쿵쿵.

함께 거리를 걸었다. 그의 손이 내 손을 쥐었을 때 또, 심장이 고장 난 것처럼 쿵쿵.

그날 우리는 연인이 되었고, 오해와 갈등, 시기와 비탄의 강을 몇 번 왔다 갔다 한 후 지나간 연인이 되었다.

한때 전부를 안다고 생각했지만, 지금은 아무것도 모르게 된 사이.

따뜻하게 품어주었지만, 한 번도 민낯을 보여주지 않은 사이.

드디어 로텐부르크를 떠나는 날이 왔다.

뢰더 문을 지나 기차역으로 향하면서, 나는 몇 번이고 뒤돌아보았다. 아무래도 안 되겠어서, 되돌아가서 뢰더 문을 다시 지나 걸어보았다. 그래도 아쉬워서 뢰더 문 근처에서 한참 서성였다.

나는 그곳에 무언가를 남겨두고 떠났다. 나에게 아주 중요한 무언가를. 그렇게 나는 달라졌다. 로텐부르크 이후의 나는 '무엇'이 사라진 나다.

그가 어떤 사람이었는지, 지금도 잘 모르겠다. 한없이 다정했는가 하면 얼음송곳처럼 차고 예민했던 남자. 술을 너무나도 좋아했던 남자, 소주를 원샷할 때 목울대의 움직임이 섹시했던 남자. 함께 소주를 마시면서 많은 이야기를 나누었지만, 나는 그때 그의 아주 작은 일부라도 알고 있었던 걸까. 무엇 하나 확신이 들지 않는다.

그래서 로텐부르크를 계속 돌아봐야 했던 것처럼, 뢰

더 문을 여러 번 통과해봐야 했던 것처럼, 나는 그와 헤어진 뒤에도 계속 돌아봐야만 했다.

그것이 그와 연애한 대가였다.

나는 로텐부르크를 사랑하게 되었다. 이 작고 알찬 공간을. 모조리 품을 수 없어 더욱 갖고 싶어지는 도시를.

마치 그를 사랑했듯이, 많이 돌아보았듯이.

o

치즈의
유효기간

x

유통기간이 적힌 치즈에서

사람 사이의 연대감을 보았다.

나의 경계를 파악하고

타인의 우주와 손잡는 법을 배우는 순간.

여자 혼자 여행을 할 때 '공동 숙박'이란 좀 꺼려지는 선택일 수밖에 없다.

특히 내 경우에는 더 그런데, 나는 보기와 달리(?) 잠자리를 몹시 가리는 초예민한 체질의 소유자이기 때문이다. 주변머리도 없어서 낯선 이들과 쉬이 어울리지도 못한다.

그렇지만 로마에 갔을 때는 어쩔 수 없이 한인 민박에서 묵기로 했다. 예산이 빠듯했기 때문이다.

민박집은 테르미니 역 근처에 있었는데, 배낭여행객들 사이에서 평판이 좋은 곳이었다. 생판 모르는 사람들과 섞여서 잠을 자고 밥을 먹어야 한다니 겁이 났지만, 싼 숙박비와 한국식 아침이 제공된다는 건 강력한 유혹이었다.

그래서 며칠만 참아보기로 했다. 그렇게 해서 아낄 수 있는 돈이 적지 않았다.

그런데 역시 인생의 묘미란 반전에 있는 것일까?

그곳은 무척 재미있었다!

일단 아침밥이 맛있었다. 매일 풍성한 반찬과 갓 지은

밥이 한가득 식탁 위에 차려졌다. 아삭거리는 콩나물무침, 부드러운 계란찜, 매콤한 오이상추무침…… 맛깔스러운 반찬과 구수한 된장국을 실컷 먹을 수 있었다. 방금 일어난 부스스한 머리의 여행자들은 큰 탁자에 둘러앉아 두런두런 대화를 나누며 밥을 먹었다.

모두 친절하고 예의가 발랐다. 능숙하게 서로 정보를 나누어주었다. 한 달째 유럽을 유랑 중인 두 청년은, 나폴리로 떠날 예정이라는 누나들에게 '정말 최고였던 나폴리 피자 맛집'에 가는 법을 약도까지 그려가며 설명해주었다. 직장을 그만두고 무작정 떠나왔다는 아담한 체구의 언니는 최대한 길게 유럽을 떠돌며 남은 인생을 계획하겠다고 했다. 그게 참 대단해 보여서 그에 비하면 나는 여전히 소심한 '범생이'인 걸까 싶어 조금 부끄러웠다.

유쾌한 민박집 아저씨는 우리에게 자주 아이스크림을 사주었다. 종일 쏘다녀서 먼지투성이가 된 사람들이 둘러앉아서 '젤라또'(진짜 맛있었다. 갓 만든 이탈리아의 진짜 젤라또)를 먹으며 수다를 떨었다. 아이스크림은 놀랍도록

달았는데 그 단맛이 부담스럽지 않아서 또한 놀라웠다. 아무 이야기나 해도 좋았고, 모두 소리 내어 웃었고, 처음 보는 사람들인데도 이상하리만큼 이질감이 없었다.

이름도 모르고(통성명을 했지만 금방 잊었다), 다시 볼 일도 없을(다시 만난다 해도 알아보지 못하겠지) 사람들과 친밀한 감정을 이토록 농밀하게 느낄 수 있다니!

베를린에서 유스호스텔을 선택한 것은 그 경험과 무관하지 않았다. 낯선 이들과의 밤을 다시 경험하고 싶었다.

여섯 개의 침대, 하나의 욕실. 나는 침대 하나를 배정받았다. 다양한 국적과 성별의 젊은이들('유스'호스텔이니까!)이 끊임없이 방에 들락거렸다.

가이드북에 "베를린은 활기찬 밤문화를 가지고 있습니다"라고 쓰여 있었는데 그 설명은 정확했다. 호스텔의 젊은이들은 매일 밤 클럽에 갔고 새벽이 되어서야 각자 침대로 돌아왔다. 클럽까지 동행할 넉살은 내게 없었다. 시차 적응도 안 되었던 터라, 나는 얇은 이불을 둘러쓰고 내 몫의 침대에 누워 있었다.

잠결에 대화가 들려왔다. 캐나다, 독일, 미국에서 온 여행객들이 통성명을 하는데, 우연하게 이름이 모두 '마이클'이었다.

"와우. 리얼리? 잇츠 쿨!"

셋이 신기해하며 클럽에 동행하기로(또?!) 약속하는 걸 들으며, 다시 잠 속에 빠져들었다.

공동으로 쓰는 냉장고에는 먼저 이곳에 묵었던 이들이 나중에 머무는 사람들을 위해 남겨둔 치즈나 식빵 등이 있었다. 예의 바르게 '유통기한'을 포스트잇에 적어 붙여놓았다. 필요한 사람을 위해 불필요한 사람이 나누어준, 다정한 예의였다.

유통기간이 적힌 치즈에서 사람 사이의 연대감을 보았다.

'지금 이 순간을 즐기세요.
당신도, 나도, 유한한 존재니까요.
우리 힘닿는 데까지 돕고 살아요.'

낯선 여럿이 부대끼는 숙소에 머무는 것은 멋진 경험이었다. 조금 불편할지라도, 더 크고 새로운 세상을 볼 수 있었다.

역설적이지만, 우리는 타인들 속에서 부대낄 때 더 온전한 '개인'이 될 수 있는지도 모르겠다. 나의 경계를 파악하고 타인의 우주와 손잡는 법을 배울 때, 바로 그때.

o

우리 집에
올래?

x

기다린다는 건
상대방을 전제한 행위다.
그래서 나는 언제부턴가
기다림을 믿지 않았다.

| 뭐해?

그냥 있어. |

| 밥 먹었어? (궁금)

대충. |

| 뭐 먹었는데.

시리얼. 다이어트해, 나. |

| 그게 밥이냐.
| 예쁜 그릇에 제대로 차려 먹어.
| 살 더 빠지면 안 돼, 너.
| 지금도 말랐는데.

안 돼. 뺄 거야. (땀 삐질) |

| 무슨 일 있어? (걱정)

몰라. 그냥 좀…. 힘들어. |

| 뭔데. 얘기해 봐.

별일은 없어. |

| 얘기해 봐. 나, 들어주는 건 잘해.

정말 별 거 없는데…. (긁적) |

| 딱 답 나왔네.

뭐가.

연애네, 연애해야겠어. (하하)

(눈물) 그게 맘대로 되냐.

내가 해줄 게 없네. (눈물)

심심할 때 놀아주기나 해.

그래. 나 얘기 들어주는 건 잘해.
웃겨주는 것도 잘하고. (활짝)

고마워. (눈물)

우리 나이 되면 다 외로운가 봐.
요즘 내 친구들 보면 난리야.

외로워서?

응. 외로운 거, 정상이야.
너무 힘들어하지 마.

나, 너 이용해도 돼?

얼마든지. (웃음)

그럼, 우리 집에 올래?

187

친구는 언제쯤 올까.

베란다로 나갔다. 이곳에 오는 누구라도 통과해야 하는 입구가 내려다보였다. 헤드라이트를 켠 차들이 꼬리에 꼬리를 물고 지나가고 있었다.

누군가를 기다리는 일이 얼마 만인지. 기다린다는 건 상대방을 전제한 행위다. 그래서 나는 언제부턴가 기다림을 믿지 않았다.

기다릴 수 있는 사람이 있는 것만으로도 행복하지 않나요, 같은 말들, 예쁘긴 하지만 사기 같았다. 기다림의 허망함을 경험해보지 않은 사람들이나 할 수 있는 말이겠지. 행복하긴 개뿔, 얼마나 끔찍한데.

나타나지 않거나, 내가 기다렸던 그 사람이 아니거나 하는 그 순간의 허망함이란.

물론 허망함의 상당한 부분은 내 탓이었다. 약속도 하지 않고 멋대로 기다렸던 적도 있었고, 내가 널 기다렸다는 이유로, 또는 네가 날 기다리지 않는다는 이유로 화만 내다가 제풀에 지쳐버린 적도 많았다. 그리고 결심했다. 이제 아무도 기다리지 않겠다고.

그런데, 지금 나는 다시 친구를 기다리고 있다.

더없이 다정한 마음으로, 콩닥거리는 심장을 느끼면서.

언제쯤 그녀가 모습을 드러낼까, 행여 눈 깜박할 사이에 그녀를 놓치지 않을까 노심초사하면서.

보인다.

자주 왔던 곳인 양, 망설임 없이 우리 집을 향해 걸어오는 친구가.

"힘들면 말해.

나 들어주는 거 잘해. 웃겨주는 것도 잘해.

그래. 갈게."

나를 안심시켜주던 선선한 친구의 대답처럼, 걸어오는 그녀가, 기다림 끝에.

o

으이그,
다 생긴 대로 나와

x

이 얼굴이 뭐가 어때서.

이만하면 됐지.

양호하지.

아니, 훌륭하지.

"으이그, 다 생긴 대로 나와."

내가 사진발이 안 받는다고 하자 친구가 놀렸다.

"카메라가 달리 카메라냐. 그대로 찍히는 게 카메라지. 너의 진짜 모습을 받아들여."

나는 항변했다.

"난 정말 '사진발'이 꽝이야. 실물이 낫다고."

후에 내 사진을 들여다본 친구는 미안한 표정으로 내 말이 맞다고 인정했다.

"어머, 너 진짜 사진이 안 받는구나."

사진 속 나는 늘 어색하다. 카메라를 의식하는 순간 긴장해버린다. 표정은 경직되고, 몸은 뻣뻣해진다. 팔다리는 어느 자리에 있어야 할지 갈피를 잡지 못한다.

"흠, 네가 자아가 강해서 그런 거 아닐까?"

친구는 그런 분석을 내놓았다.

좋아하는 몇 장의 사진들은 다 몰래 찍힌 것들이다. 의식하지 못한 사이 지인들이 포착해준 내 모습은 확실히 자연스럽다. '오, 내가 평소에 이런 모습이로군' 하며 들여다보았다.

그래서 '셀카'를 잘 찍는 사람들이 나는 부럽다. 어쩌면 렌즈 앞에서 저렇게 편안해질 수 있는지, 저렇게 요리조리 자신을 살피고 드러낼 수 있는지. 심지어 실물보다 낫게, 예쁘게.

이번 생에서 나는 망했어. 나는 죽을 때까지 자연스러운 셀카를 찍지 못할 것이야(슬피 운다).

맨 얼굴로 셀카를 찍을 수 있게 된 곳은 워싱턴이었다.

워싱턴이니까 우선 (당연히) 백악관을 보러 갔다. 백악관의 펜스 밖은 관광객들로 붐볐는데, 나도 그들 중 하나였다. '여기 갔다 왔소' 버전의 촌스러운 사진을 여러 장 찍었다.

스미스소니언 미술관도 가고, 듀퐁 광장을 어슬렁대다가 1달러짜리 노점 핫도그를 자주 먹었다. 긴 빵에 소시지가 끼워져 있고, 케첩과 겨자 소스가 듬뿍 뿌려져 있었다. 세계 어디서나 맛볼 수 있는 표준화된 맛인데 사실 핫도그는 그 맛에 먹는 게 아니겠는가.

종일 돌아다니다가 근처에 있는 중국식당에서 식사를

포장해 호텔로 돌아왔다.

그리고, 보았다. 거울에 비친 내 모습을. 문 앞에 걸려 있는 전신 거울에 내 모습이 비치고 있었다.

노란 맨투맨 티셔츠와 닳아빠진 청바지를 입은, 퀭한 눈의 지친 여자가 한 끼니의 식사가 담긴 커다란 비닐봉지를 들고 거울 앞에 서 있었다.

'오 마이 갓. 이게…… 나야?'

거울에 비친 내 모습이 아무리 충격적이어도, 당장 감상에 빠져서는 안 됐다. 너무 배가 고팠기 때문이다. 탁자에 식사를 펼쳐놓고 일단 먹었다. 먹는 동안 거울을 힐끗거리지 않도록 주의했다. 굳이 보지 않아도 허겁지겁 밥을 먹는 내 모습은 초라하기 그지없을 것이었고, 홀로 여행 중인 나는 체해서는 안 됐다. 이역만리 타국에서 바늘을 찾아 손을 따는 일이 발생해선 안 되었다. 그렇게 피를 볼 수는 없었다. 그건 곤란했다.

그래서 일단 배를 채웠다. 최대한 맛있게 먹었다. 뜨끈한 요리가 위장으로 흘러 들어가는 느낌이 괜찮았다. 1달러짜리 핫도그로 점심을 때웠기 때문일 수도 있었다. 빈 스티로폼 용기를 비닐봉지에 담아 구석에 놓고 나서, 드디어, 떨리는 가슴으로 거울에 나를 비춰보았다.

맨얼굴의 내가 나를 마주 보고 있었다. 단 한 번도 제대로 살펴주지 않았던 내가 보였다. 제대로 들여다보지 않았던 내 맨얼굴이 그제야 눈에 들어왔다.

왼쪽 뺨에 새로 생긴 점이 하나 있었다.

'몇 년 전까지는 없었던 것 같은데, 도대체 언제 생긴 걸까?'

이유는 알 수 없지만 거울 속의 나는 좀 망가져 보였다.

거울 앞에서 셀카를 찍었다. 왠지 그래야 할 것 같았다. 지금의 나를 기억해야 할 것 같았다.

'이게 나다. 누가 뭐래도, 거울에 비친 이 모습이, 지금 이 순간에 존재하는 나다.'

평소 안 짓던 표정도 지어보고, 소위 말하는 얼짱 각도도 찾아보았다. 누가 옆에서 보았다면 우스꽝스러웠겠지만, '셀카'를 통해 나의 맨얼굴과 대면했다. 무척 오랜만의 만남이었다.

맨얼굴은 기대보다는 별로였지만 그럭저럭 봐줄 만은
했다. 생각보단 괜찮았다.

'사진발'이 받지 않는 것은 지금도 마찬가지다.

그러나 거울 속 내 모습과는 꽤 친해졌다. 이제는 나의
얼굴이 그럭저럭 익숙하다. 새로 생긴 점이나 뽀루지를
그때그때 놓치지 않고 찾아낼 수 있을 정도는 되었다.

친구의 말이 맞았다. 다 생긴 대로 나온다. 포장할 것
도 감출 것도 없이 결국은 내 진짜 얼굴로 사는 거니까.

뜬금없는 고백을 하나 하자면, 지금 나는 내 얼굴을 꽤
좋아한다. 더할 것도 뺄 것도 없이 이게 내 모습이고, 나
는 나니까.

이 얼굴이 뭐가 어때서.

이만하면 됐지. 양호하지. 아니, 훌륭하지.

o

이런 상황에
여행이 웬 말이야!

X

때로는,

일단 떠나고 보는 것이다.

그러면,

어떻게든 될 것이다.

"같이 가면 좋을 텐데."

진심이었다. 좋아했으니까. 조금이라도 더 같이 있고 싶었으니까.

"안 되는 거 알잖아. 아쉽지만 내 몫까지 보고 와!"

애인은 그렇게 대답했다. 예상했었다. 평범한 직장인이 일주일이 넘는 휴가를 쉽게 쓸 순 없지. 다만 아쉽다는 그의 말이 진짜 아쉬워하는 것처럼 들리지 않아서, 이상하긴 했다.

"그래! 자기 몫까지 실컷 즐겨줄게!"

여행 준비는 착착 진행되었다. 이미 몇 번 혼자 떠나본 적이 있었으니까. 각종 할인 혜택을 체크해서 항공권을 사고, 싸고도 묵을 만한 호텔을 물색하고⋯⋯.

그런데.

출발 며칠 전, 뜬금없이 한낮에 그에게서 전화가 걸려 왔다.

⋯⋯ 목걸이를 돌려달란다.

그가 자신의 목에서 풀어 내게 걸어준 목걸이였다.

"세상에 하나밖에 없는 목걸이야, 너는 그만큼 소중해."

취한 목소리로 그가 말했었다.

그리고 이제, 멀쩡한 목소리의 그가 목걸이를 돌려달라고 한다. 이토록 쉽게. 하도 어이가 없어서 헛웃음이 났다.

"주소 불러. 퀵으로 보낼게."

…… 내가 그에게 했던 마지막 말.

며칠 후면 떠나야 했다. 내가 모르는 곳, 나를 모르는 곳으로.

공포가 밀려왔다. 애초에 혼자 가기로 했던 여행이었는데도, 애인이 있는 상태와 없는 상태는 너무 달랐다. 나는 진짜 '혼자'가 된 것이다. 조심해서 잘 다녀오라고 손 흔들어줄, 언제 오냐고 보고 싶다고 국제전화를 걸어줄, 돌아온 나를 안아주면서 기다렸다고 말해줄 남자는 이제 없다. 그는 영원히 사라져버렸다. 그것도 아주 치졸한 방식으로.

간절하게, 여행을 무르고 싶었다.

패널티를 물고서라도, 항공권을 환불하고 예약한 숙소를 취소하고 싶었다.

'이런 비상 상황에 여행이 웬 말이야!'

'이곳에서도 이렇게 힘든데, 멀고 낯선 곳에서 과연 이 실연의 고통을 감당할 수 있겠어? 외지에서 덮쳐올 거대한 외로움, 배신감, 분노를 버텨낼 수 있을까?'

'그만둬. 물러. 가족과 친구가 있는 여기에 있어. 얼마나 힘들지 알잖아.'

하루에도 몇 번씩, 또 다른 내가 머릿속에서 외쳤다.

자존심이, 고작 그 정도 남자 따위에 벼르던 여행을 포기하는 사람이 되고 싶지 않다는 자존심이 겨우 나를 지탱해주었다.

보란 듯이 다녀와야 한다, 네가 없어도 내 삶은 잘 흘러간다, 네가 없어도 나는 아무렇지도 않다는 것을 입증하고 싶었다.

'일단 떠나!'

그리하여 늦은 밤, 부다페스트 공항에 도착했다. 헝가리, 내 인생과 겹치는 요소가 단 한 개도 없는 나라.

어두운 부다페스트는 소름이 돋았다. 공포감은 현실적이었고, 내가 혼자라는 사실을 되새기게 만들었다. 호텔의 작은 방을 찾아 들어왔을 때, 나는 녹초가 되어 침대 위로 쓰러졌다.

지금도 그 싱글룸이 기억난다. 침대와 탁자가 빼곡하게 비치돼 있었는데, 구석에 작은 발코니가 있었다. 발코니에서 시선을 멀리 들면, 다뉴브 강이 보였다. 허허, 다뉴브 강이라니, 비로소 실감이 났다. 이곳은 한국이 아니야. 그리고 이제 그는 없어.

'이제 그는 내 곁에 없어. 나는 혼자야.'

긴 거리에 혼자 섰다. 부다페스트의 사람들도 행복해 보이지는 않았다. 걸었다. 다리가 아플 만큼 꽤 걸었다고 생각했는데, 시간은 얼마 지나지 않았다. 한국에서는 항상 바빴는데, 화장실 가는 시간도 아까울 만큼 뛰어다녀야 했던 적도 많았는데, 시간이, 너무 느리게 흘렀다.

거리의 끝에 있던 맥도널드에 들어갔다. 콜라 하나를 사 들고 바깥의 탁자에 앉았다. 이미 실내는 꽉 차 있었다. 바람에 먼지가 가득했다. 꾸룩꾸룩거리며 콜라를 빨았다.

부다페스트에서의 기억은 좁은 싱글룸과 맥도널드의 콜라에서 멈췄다. 그 이후로 무슨 일이 있었는지는, 그날의 먼지 섞인 바람처럼 뿌옇고 모호하다. 아마도 혼자임을 견디기 위해 내 모든 에너지를 써야 했기 때문이었을 것이다.

결론부터 말하자면, 나는 그 여행을 예정대로 끝마쳤다. 부다페스트는 힘겨웠지만, 프라하로 이동할 때는 기분이 더 나아졌다. 프라하에서의 기억은 더 선명하다. 추워서 오돌오돌 떨면서도 야경을 보러 다녔고, 레스토랑에서 돼지등갈비 요리와 맥주를 마셨다. 시원하고 쌉싸름한 체코의 맥주는 '피보(pivo)'라고 불렸다. 베를린으로 옮겼을 때는 평소의 활기를 거의 되찾았던 것 같다. 유학 중이던 선배를 만났을 땐 반가워서 끌어안고 방방 뛰었다. 거리에서 파는 '커리부어스트(카레 소시지)'를 함께 먹었다.

외로움은 옅어졌다. 여행의 뒷부분은 앞부분보다 기억이 또렷하다. 마침내, 유럽의 시간이 몸에 익고, 조금만 더 머물 수 있으면 좋겠다고 아쉬워하면서, 한국행 비행기에 올랐다. 애인이 없는 것은 떠날 때와 마찬가지였지만, 나는 살아남았다.

나는 자발적으로 힘든 상황으로 들어감으로써 홀로 생존하도록 나 자신을 내몰았다. 먹을 것을 구하고, 잘 곳을 찾고, 넘쳐나는 시간을 어떻게 쓸지를 결정해야 하는, 아무에게도 투정을 부릴 수 없는 고독 속으로 말이다.

나 대신 살아줄 사람은 없다. 낯선 맥도널드에서 점심으로 먹을 햄버거를 골라야 하는 사람은 바로 나다. 그런 사실을 배웠다.

외로운 새벽, 그에게 참지 못하고 전화를 걸어버릴, 그리하여 나쁜 관계를 연장하거나 더 깊은 자기모멸에 빠질 가능성을 차단할 수 있었다는 점도 다행이었다.

비행기 티켓을 환불하지 않은 것은 상당히 멋진 결정이었다고, 나는 생각한다. 나는 여행을 취소하지 않았고, 내 우울과 좌절을 온전히 마주할 수밖에 없는 시간을 스스로 선택하여 그 안에 머물렀다.

피할 수 없다면 견디는 수밖에.
그러니 때로는 일단 떠나고 보는 것이다.
그러면 어떻게든 될 것이다.

실연을 극복할 수도 있고, 의외로 즐거운 순간과 맞닥뜨릴 수도 있고, 김빠진 콜라를 마시며 울고 싶을 수도 있지만, 아무튼 막 걷다 보면, 뭐라도 막 겪다 보면.
그러면 어떻게든 되겠지.

°

어땠을까,
기억을 걷는 시간

X

세상에 의지로
되지 않을 건 없다고
믿던 시절이었다.
그런 시절이 있었다.

친구는 나를 좋아한다고 했다. 나는 잔뜩 화가 나서 물었다.

"근데 넌 왜 내 편을 안 들었어?"

나는 논란의 중심이었다. 시작은, 어떤 일에 대한 내 의견을 밝힌 거였다. 정말 그게 다였다. 꼬리에 꼬리를 물고 전해지는 말의 향연이 얼마나 무서운지 알았다면 그냥 입을 닥쳤을 텐데. 다들 예민했던 시기였는지, 화풀이의 대상이 필요했던 건지, 나의 말투가 불필요한 감정을 자극했던 건지…… 논쟁 아닌 논쟁이 시작되었다.

나를 향해 날아오는 화살들을 서투르게 몸으로 받아냈다. 과녁은 나였다. 이해할 수 없지만 그랬다. 비난을 몸으로 받는 것 말고는 상황에 대처할 다른 방법을 몰랐다. 나는 어설펐고, 어렸고, 그들만큼 화가 나 있어서 될대로 되라는 심정이었다.

한바탕 난리가 지나간 뒤, 친구를 마주했을 때 나는 곤두서 있었다. 늘 그랬듯, 아무것도 몰라요, 하는 순진한 얼굴로 그녀가 슬프게 나를 올려다보는 게 더 짜증이 났다. 그러니 묻지 않을 수가 없었다.

너는 왜 내 편을 들지 않았느냐고.

친구는, 아무 말도 하지 않고 그 큰 눈을 꿈뻑거리더니 울기 시작했다. 분노가 치밀었다.

'아니, 울긴 왜 울어? 뭘 잘했다고 울어?'

그녀는 왜 울었을까. 내가 부둥켜안고 울기라도 하기를 기대했던 걸까.

그 친구와 나는 완전히 다른 타입의 인간이었다. 나는 돌려 표현하지 못하는 돌격형 돈키호테, 그녀는 온갖 감정에 젖어 고뇌하는 우유부단형 햄릿.

그랬으니, 내가 그녀와의 우정—이랄 게 있었다면—을 종결하기로 결심한 것은 지극히 자연스러운 일이었다.

'끝낸다, 그 따위 우정. 다시는 네 얼굴을 볼 일은 없을 거야.'

세상에 의지로 되지 않을 건 없다고 믿던 시절이었다. 나는 그녀와의 연락을 끊었고, 나를 좋아한다고 했던 친구 한 명은 내 인생에서 사라졌다.

한참 뒤 우연한 기회에 그 친구의 소식을 들었다. 못 보던 사이 이런저런 험한 일들을 겪은 모양이었다.

문득, 보고 싶었다.

우리가 지금 만나면 다른 이야기를 나눌 수 있을까. 서로에 대해 몰랐던 것들을 왕창 공유하고 "어머, 그랬니? 전혀 몰랐어, 말을 하지 그랬어" 하면서 호들갑을 떨게 될까. 그때는 겨울이 가까워오는 가을이었고 나는 얇은 코트를 입어서 추웠노라고, 말하게 될까.

어땠을까. 노래 가사처럼. 내가 그때 널 잡았더라면 너와 나 지금까지 행복했을까. 마지막에 널 안아줬다면 어땠을까.

"너는 왜 내 편을 안 들었어?"

그런 유치한 질문 같은 것 하지 않고, 친구의 이야기를 먼저 들었더라면, 어땠을까.

o

해물 라면의
위로

X

지금 이 순간 함께 바다를 보고

해물 라면을 먹을

누군가가 있다.

그것이 당시 나에게

필요한 무엇이었다.

그곳은 바다였다. 머릿속에서 내내 그려왔던 만큼 푸르고 시원하진 않았다. 공기는 싸늘했고, 뿌연 하늘에서는 간간이 비가 떨어졌다. 우산을 펴자니 번잡했고, 우산을 접자니 내리꽂히는 빗방울의 무게가 만만치 않아 애매했다. 그랬는데도 주말이라고 인천 앞바다는 사람들로 북적였다. 부대낄 엄두가 나지 않아 근처 카페로 발걸음을 옮겼다.

오래된 소파는 낡아서 앉자마자 푹 꺼졌다. 카페는 2층이었다. 창으로 멀리 바다가 보였다. 작은 회색 바다……. 그래도, 바다는 바다였다. 일상이 아니어서 거리를 두고 삶을 성찰할 수 있는 곳, 아무리 다이어트를 해도 떨어지지 않는 지방처럼 끈덕지게 달라붙는 조바심과 불안을 잠깐이나마 내려놓을 수 있는 곳…….

마주 앉은 후배 녀석이 작게 한숨을 쉬었다.

"누나, 상담 좀 해줘."

뻔히 보이는 힘든 상황 속에서도 불평 없이 웃고 말던 후배였는데, 제 입으로 상담을 해달라니 뭔가 많이 심란

한가 싶었다.

"멀리는 못 가고 가까운 바다나 보러 가자."

그래서 아침부터 내쳐 차를 달려 이곳, 인천의 바다까지 온 것이다.

원두커피를 주문했다.

"아메리카나 아프리카 대륙의 지명으로 된 핸드드립 커피에 익숙해져 있었는데 원두커피라니, 왠지 좀 정겹다, 그치?"

메뉴판을 보며 둘이 실없이 웃었다. 커피는 맛도 향도 없이 밍밍했지만, 나는 그저 마셨다. 아무래도 오늘 먼저 말을 꺼내야 할 사람은 먹먹하게 창밖을 보고 있는 그 녀석이어야 했으니까.

"누나, 그래도 나는 하나도 힘들지 않아요."

이러저러한 설명 끝에 그가 당도한, 그리고 그 자신이 믿고 싶어 했던 결론은 이러했다.

하나도 힘들지 않다는 것. 살아오면서 한 번도 제대로 힘들다고 말할 수 없었던 그의 삶에 대해서 조금은 알고 있었다. 의지하고 기대할 누구도 없다면 '나는 괜찮다'는 주문은 고된 일상을 버티기에 최상의 도구였을 터였다. 그래도, 이건 너무하잖아. 모처럼 친한 선배를 앞에 앉혀 두고, 넘실거리는 바다가 보이는 곳에 와서, 그렇게 공허한 표정을 하고서, 나는 하나도 힘들지 않아요, 라니.

알고 있다. 내가 그에게 해줄 수 있는 것은 없다는 걸. 힘들면서 왜 힘들지 않다 그러냐고 따져 물을 수도 없잖은가. 타인의 삶에 끼어들 여지는 생각보다 많지 않다. 나는 그저 그의 이야기를 듣고, 그가 스스로 내오는 해결책에 고개를 끄덕여줄 수밖에. 그 모든 것들에도 불구하고, 결국 네 삶을 살아내야 할 사람은 다른 누구도 아닌 너니까. 다만, 식어버린 커피의 마지막 한 모금을 마시고 낡아빠진 소파에서 일어서기 전, 마지막으로 한마디를 건넸다.

"언제라도 좋으니까 필요할 때 전화해.

그때도 내가 할 수 있는 일은 너와 마주 앉아 네 이야기에 귀를 기울이는 것이 전부일 테지만."

그 말이 그 아이에게 위로가 되었으려나. 그러길 바라지만, 모르겠다. 다만, 몇 년 전 내가 그의 자리에, 그의 입장이 되어 앉아 있던 순간이 있었다. 그때도 인천의 바다였다. 지금처럼, 멀리는 못 가고 바다나 보고 오자, 했던 친구와 함께였다.

아마 그때 나는 절실하게 SOS를 쳤어야 했을 것이다. 사는 게 분했다. 어떻게든 비워내지 않으면 그 독이 온몸에 퍼질 것만 같았다. 그러나 나는 내 상처를 똑바로 보지도 못할 만큼 취약해진 상태였다.

"나도 요새 일이 너무 많아. 기분 전환이 필요해."

친구가 나를 위해서가 아니라 자신을 위해서 바다에 가달라고 말해준 것은 분명 나에 대한 배려였다고 생각된다. 툭 건드리기만 해도, "나 멀쩡해, 아무렇지도 않아, 내가 괜찮다는데 네가 뭘 안다고 난리야"하며 발끈할 준비가 되어 있던 나의 배배 꼬인 자존심에 대한.

그녀는 운전을 잘했다. 이른 여름이었다. 인천으로 가

는 도로 위, 내린 창에서 시원한 바람이 불어 들어왔다.

"아 좋다, 그치."

"어, 좋네."

차 안에 아늑한 평화가 감돌았다. 나는 실로 오랜만에 평화로웠다.

우리는 바다를 보고 근처를 조금 걷다가 해물 라면을 먹고 서울로 돌아왔다. 따뜻한 라면 국물은 꼬인 속을 풀어주었다. 평생 다시 먹어보지 못할 것 같은 맛이었다. 우리 사이에 별다른 대화는 없었다. 그럴 필요가 없었다. 어차피 상황은 바뀌지 않는다, 충분한 시간이 흐르기 전에는. 친구는 그저 내 옆에 있어 주었다.

지금 이 순간 함께 바다를 보고 해물 라면을 먹을 누군가가 있다. 그것이 당시 나에게 필요한 무엇이었다. 위로란 그런 것이다.

그러므로 어느 날 느닷없이 걸려올 후배의 전화에 나는 언제든지 달려나갈 준비가 되어 있다.

○

너의 예술을
축복함

×

"즐겨."

지금 네가 누릴 수 있을 때, 마음껏.

그것이 너를 버티게 할 테니까.

"마지막으로 본 지 2년이 넘었네, 벌써."

접선 장소는 학생회관 앞. 오랜만에 교정을 걷고, 벤치에 앉아 노닥거리고, 매점에서 플라스틱 빨대가 붙어 있는 커피 우유를 사서 마시고……. 무엇보다도 학생식당 밥을 먹고 싶었다. 멋대가리 없는 탁자에 마주 앉아서, 소박한 밥과 국과 반찬이 담긴 금속 식판을 각자 앞에 두고서 아무 얘기나 막 던졌다. 영화가 얼마나 재밌는지, 바뀐 계절의 바람이 불었는지, 요즘도 술을 자주 마시는지, 어떤 삶을 살고 싶은지!

예정대로라면, 그는 졸업 작품이 될 영화를 한창 찍는 중이어야 했다. 오랜만에 보낸 안부 문자에 선선한 답이 바로 찍혀서 의외였다.

〈좋아, 누나! 보자!〉

'안 바쁜가? 가만, 혹시 이 녀석이, 못 본 사이에, 뭔가 인생의 방향을 크게 튼 건가? 예컨대, 결혼을 했다든지, 아이가 생겼다든지, 진로를 변경했다든지…….'

2년은 생각보다 길고, 삶을 바꾸기에 충분한 시간이니까.

오랜만에 찾은 캠퍼스는 여전히 아름다웠다. 매사에 열심이고 밝은 에너지로 가득 찬 사람들이 분주히 그곳을 누비고 있었다.

약속 시간보다 일찍 도착해서, 가지고 간 추리소설을 펼쳤다. 음울한 탐정, 비틀린 내면을 가진 범인, 사랑해서 살인도 감춰주는 포용력의 용의자들, 비가 자주 내리는 회색빛 도시…….

한창 책에 빠져 있을 때, 그 애가 모습을 드러냈다. 여전했다.

"우와, 너 하나도 안 변했네!"

"살찌지 않았어?"

"그러고 보니 살이 좀 붙었네. 아무튼 무사하니 다행이야!"

"맞아. 무사한 게 어디야."

그가 크게 웃었다.

학생회관 식당의 밥 또한 여전하고 무사했다. 소박한 값도, 지극히 표준적인 맛도, 후식으로 야쿠르트가 나오는 것도 그대로였다. 우리는 야쿠르트로 건배를 하고 시원하게 원샷했다.

"졸업 영화는 잘돼 가?"

고민이 많단다. 그래서 촬영이 예정보다 늦어졌다고.
덕분에 나에게 시간을 낼 수 있었던 모양이다. 무슨 내용
이냐고 물었더니 열심히 스토리를 설명해줬다. 맞다, 얘
원래 이렇게 신실한 타입이었지, 그랬는데,

"나 정말 잘하고 싶어서."

맺는말을 들으며 감동해버렸다. 참 오랜만에 '순수한
열정'이라는 표현이 어울리는 눈빛을 봤다. 순수도, 열정
도, 이게 얼마 만이야!

언젠가 그가 만든 영화가 극장에 걸릴 날이 오겠지. 흐
뭇하게 표를 사고 좌석에 앉아서 키득거릴 날이 오겠지.
네가 그랬잖아.

"나는 코미디야, 누나. 나는 재밌는 게 좋아."

그를 들여보내고, 혼자 교정을 걸었다.

미숙하지만 빛나는 창의성이, 무모하지만 열정적인 예술이, 그곳에 있었다. 아직까지는 보호받으며, 때로는 격려받으며. 아직 실현되지 않은 위대함을 품은 어린 예술가들이.

바깥세상이 얼마나 혹독한지 나는 안다. 모두 얼마나 절박한지, 타인의 아픔을 헤아리기는커녕, 당장 내 발바닥이 까져서 피투성이가 된 줄도 모르고 어떻게 달리게 되는지.

"즐겨."

헤어지면서 마지막으로 그의 어깨를 토닥여주었다.

지나고 나서 후회하지 말고, 지금, 네가 누릴 수 있을 때. 타인의 시선을 덜 신경 쓰면서, 너의 예술을 할 수 있을 때. 너만의 창작을 마음껏 할 수 있을 때.

너도 조만간 문을 열고 세상 밖으로 나와야 할 테니까. 네가 나에게 열심히 설명했던 그 이야기는 수많은 암초에 부딪힐 거야. '자본의 논리'에 의해 많이 변형되어야 할지도 몰라. 그 변화가 꼭 나쁜 건 아니야. 더 세련되고 강력해질 수도 있지.

다만, 잃어서는 안 되는 것이 있어.

지금 여기, 이 생기발랄한 교정에서 함께 야쿠르트를 마시며 우리가 공유했던 무엇. 다듬어지지 않은 원석의 거친 빛깔. 그것이 예술가로서 너를 버티게 할 테니까.

열심히 너를, 너의 마음을, 응원할게.

o

우리는 결국
혼자인 걸까

x

'아무리 춥고 바람이 불어도,

이 길을 걸어야 하는

사람은 나야.

나 혼자야.'

석사논문을 한참 쓰고 있었다. 졸업을 해야 했다.

기형도의 시를 자주 떠올렸다. 몇 번의 겨울이 지나자 외톨이가 되었고, 졸업이었고, 대학을 떠나기가 두려웠던 나는 대학 시절 내내 그의 시집을 가방에 넣어 다녔다. 냉소와 우울을 방패처럼 두르고 다니면서.

마감을 한 달 정도 앞두고 집에 틀어박혔다. 학교를 왕복하는 시간조차 아까웠다. 뭐 그렇게 대단한 걸 한다고, 세상에 길이 남을 명저를 서술하는 것도 아닌데. 아니, 오히려 보잘 것 없기 때문에 더 최선을 다해야 하는 것 아닐까 하는 마음이었다. 성실하지도 못한다면, 그렇다면 정말 아무것도 아니게 될 것이었기 때문에.

두려웠다. 잘난 척해왔지만 내가 사실은 이 정도밖에 안 돼, 하고 커밍아웃할 일만 앞두고 있는 것 같았다.

겨울이었다. 노트북 자판을 두드리다가, 생각이 막히면 한강에 갔다.

매서운 찬바람 속을 뚫고 걸으면서 논문을 쓰는 일이 꼭 인생의 메타포 같다고 생각했다.

'나 대신 글을 써주고, 나 대신 생각을 해주고, 나 대신 시간을 겪어줄 사람은 아무도 없어. 아무리 춥고 바람이 불어도, 이 길을 걸어야 하는 사람은 나야. 나 혼자야.'

그럭저럭 논문은 마감할 수 있었다. 비교적 무난하게 심사도 통과했다. 솔직히 그 과정은 예상외로 수월했고 심지어 평화롭기까지 했다. 남들 하는 대로 인쇄를 하고, 맨 앞 페이지에 상투적인 감사의 말을 적어 지인들에게 돌렸다.

사실은, 어떻게 그 시간을 지낼 수 있었는지 모르겠다.

그저, 한강에 불던, 몹시도 차가웠던 바람의 냄새만 떠오른다. 물비린내가 섞인 그 냄새는, 뭐랄까, 좀 냉정한 느낌이었다. '정신 차려!' 이렇게 꾸짖는 것 같기도 했고, '인생 뭐 있어?' 이렇게 냉소하는 것 같기도 했고.

그래도 돌아보면, 잘 지나온 시간이라는 생각이 든다. 어쨌든 '힘들었지만 나는 해냈어'의 경험이니까. 그 시간 이후, 내가 '힘들겠지만 뭐, 일단 해보자' 하며 더 많은 경험 속으로 뛰어들 수 있었던 것은 그 바람의 기억 덕분일지도 모르겠다.

°

어느 여름의
끝

X

분명, 다시 돌아보기도 싫을 만큼

끔찍하게 힘든 시간이었는데,

여름이 다 갔다고 생각하니

······ 아쉬웠다.

단체 여행을 가는데 도무지 짐을 쌀 수가 없었다.

다들 밖에 서서 나를 기다리고 있었고, 출발해야 하는 시간이 임박해오는 중이었다. 다른 건 다 가방에 챙겼는데, 입을 옷을 정하지 못했다. 집었다 하면 도저히 입을 수 없는 이상한 옷들뿐이었다.

허둥지둥 옷을 고르다가 시계를 보니 출발 시간이 오 분 남았다.

'아, 어떡하지…….'

창밖을 내다보니 사람들은 무표정하게 서성이고 있었다. 이미 시동이 걸려 있는 차도 보였다. 시간이 되면 그들은 나를 내버려두고 예정대로 떠날 것이 분명했다.

'나는 낙오자야.'

두려움이 밀어닥치면서, 잠에서 깼다. 땀으로 온몸이 끈적였다. 타이머를 맞춰놓았던 선풍기는 멈춘 지 오래였다. 그날도 열대야였다.

입을 옷도 고르지 못했던 꿈속의 나처럼, 몹시도 더웠던 그 여름의 나는 몹시도 무능했다.

'어떻게 이렇게 모든 게 엉망일 수 있지?'

자책감에 시달리다 보니 어느새 가을이 성큼 다가와 있었다.

그런데 참 이상했다.

분명 힘들었는데, 다시 돌아보기도 싫을 만큼 끔찍하게 싫은 시간이었는데, 여름이 다 갔다고 생각하니 아쉬웠다.

그 시간을 내 인생에서 툭 잘라내 홀가분하게 쓰레기통에 던져버릴 수 있을 줄 알았는데 바닥까지 보아버린 (한때 사랑했던) 애인처럼, 미련이 질척거렸다. 그래서 몇 주 더 얇은 이불을 유지하기로 마음먹고 햇볕에 바삭하게 마른 여름 이불을 또 펼쳤다. 왠지 그 여름을 좀 더 내 몸이 기억해야 할 것 같았다.

사실 몇 주 더 사용한 얇은 이불이 아니었더라도 그 여름의 기억은 전혀 예상치 못한 방식으로 내 몸에 남았다.

이래저래 부대꼈던 탓에 살이 쫙 빠지면서 '옷발'이 살아난 것이다. 군살 때문에 옷장 안에서 잠자고 있던 옷들이 기지개를 켰고 덕분에 고를 수 있는 옷이 많아졌고 청바지 안에 셔츠나 티를 넣어 입을 수 있어서 (그것도 여유 있게!) 오랫동안 잊고 살았던 '옷 입는 재미'에 신이 났다.

꿈은 반대라던데, 입을 옷을 고르지 못했던 그 여름의 꿈은 어쩌면 예지몽이었을까.

역시 세상 모든 일에는 양면이 있다는 걸 깨달았다. 좋다 나쁘다 판단을 조급히 내리고 경거망동하지 말라는 교훈이다.

새옹지마란 이럴 때 쓰라고 만든 말일까.

다행이야,
글을 쓸 수 있어서

오랫동안 글을 쓰지 못했다.

아니, 지금도 글을 적고 있으니 정말 물리적으로 오래된 건지는 모르겠고, 심적으로는 그랬다. 화면에 찍히는 글자들이 'TXT.'가 아니라 'JPG.'로 보였다. 쓰고 싶은 것과 쓰여지는 것 사이가 깊었다. 말하고 싶은 것과 말해지는 것 사이가 깊었다.

나는 항상 경계에 서 있었다.

가까이 가고 싶은 것과 다가갈 수 없는 것 사이.

가지고 싶은 것과 가질 수 없는 것 사이.

기억하고 싶은 것과 잊고 싶은 것 사이.

몰입과 방만 사이. 자기 보호의 욕구와 자학의 욕망 사이.
그 수많은 사이. 간격. 거리.

그 사이들을 넘으면서 여기까지 왔는데, 여전히 엉거주
춤, 안에서도 밖에서도 내 자리를 찾지 못하고 있는 것 같
은 기분이 들 때가 많다.

단 한 순간도 노련해지지 못하고, 이 길이 내 길인가 끊
임없이 자문하면서 다르고 닮은 길 위에서 헤매는 일, 걷
고 달리고 때로 넘어지고 때로 쉬어가면서, 진눈깨비가 몰
아치는 캄캄한 밤이 지난 뒤 숨 막히게 아름다운 풍경을
발견하게 되기도 하는……, 인생이란 이런 식으로 이어져
가는 것 같다.

몇 개의 계절이 지나갔다. 이 책을 쓰면서 나는 이상하
게 주춤거렸다. 생각은 체한 것처럼 얹혀서 잘 튀어나오지
않았다. '이것이 세상에 내어놓을 만한 자격이 있는 글일
까'라는 질문이 배터리 용량을 왕창 잡아먹는 앱처럼, 내
머릿속 깊숙한 곳에서 항상 열려 있었기 때문이다. 그 앱
이 소모시키는 의욕을 회복하느라, 더 많은 시간의 충전이

필요했다.

설레면서도 부끄러운 건 여전하다. 문장이 된 생각은 항상 아쉽게 느껴지고, 매번 '더 잘 쓰는' 사람이 되고 싶다. 그렇지만, 어떻게라도 계속 (열심히) 써 보자고 결심하는 이유는, 나에게 쓰는 일이란 경계에서 바라보고 사이를 넘어서는 방식이었기 때문이다.

쓰면서 위로받았고, 나 자신을 더 잘 알게 됐으며, 세상과 소통할 수 있었다. '다행이야, 글을 쓸 수 있어서'라고 수도 없이 생각했다. '쓸 수 있어 감사하다'라고. 그러니 앞으로도 부디.

이 책은 많은 사람의 도움으로 태어났다. 인생의 어떤 것도 혼자서는 이룰 수 없음은 나이가 들수록 분명해지는 것 같다. 책이 나오는 과정에 함께 해주신 분들과 누추한 나의 세계에 머물러준 모든 이들에게 감사드린다. 그곳에는, 나를 좋아하고 귀하게 여기고 손잡아준 당신들과 나를 미워하고 할퀴고 서럽게 만들었던 당신들이 모두 함께 있다. '나 좋은 것'만 누리는 삶은 온전하지도, 바람직하지도 않다는 사실을 어렴풋이나마 알게 되었다. 다행스럽게도, 확실히 나는 예전의 나보다는 성숙해진 것 같다.

잊지 못할 내 인생의 장면에 함께해주었던, 이니셜이 같은 세 명의 D들에게도 고마움을 전한다. 그리고 Y에게, 다정하고 사랑스러운 너로 인해 힘낸 적이 많았어. 순식간에 호를 그리며 휘어지던 눈매와 네 웃음소리…….

어떤 관계도 영원하지 않지만, 그 가운데 있었던 소중한 '무엇'은 영원히 사라지지 않는다는 사실을 그들로부터 배웠다. 언제라도 우리가 돌아보기만 하면, 반짝반짝 빛나는 그 순간과 조우할 수 있음을.

국립중앙도서관 출판예정도서목록(CIP)

이미 애쓰고 있는데 힘내라니요?
지은이: 이소연 -- 고양 : 위즈덤하우스미디어그룹, 2018

ISBN 979-11-6220-735-2 03810 : ₩13800

수기(글)[手記]

818-KDC6
895.785-DDC23   CIP2018020905

이미 애쓰고 있는데 힘내라니요?

초판 1쇄 인쇄 2018년 7월 20일 **초판 1쇄 발행** 2018년 7월 27일

지은이 이소연
펴낸이 연준혁

출판 2본부 이사 이진영
출판 6분사 분사장 정낙정
책임편집 허주현
디자인 urbook

펴낸곳 (주)위즈덤하우스 미디어그룹 **출판등록** 2000년 5월 23일 제 13-1071호
주소 (410-380) 경기도 고양시 일산동구 정발산로 43-20 센트럴프라자 6층
전화 (031)936-4000 **팩스** (031)903-3895 **홈페이지** www.wisdomhouse.co.kr

값 13,800원
ISBN 979-11-6220-735-2 03810

이 도서의 국립중앙도서관 출판예정도서목록(CIP)은 서지정보유통지원시스템 홈페이지
(http://seoji.nl.go.kr)와 국가자료공동목록시스템(http://www.nl.go.kr/kolisnet)에서
이용하실 수 있습니다.(CIP제어번호: CIP2018020905)